S码书房——小即美、少即多

黑白梦华录 Ⅱ

王勤伯 著

Reverie about Football or Nothing II

作家出版社

图书在版编目（CIP）数据

黑白梦华录Ⅱ / 王勤伯著．-- 北京：作家出版社，2018.7

ISBN 978-7-5212-0061-4

Ⅰ．①黑… Ⅱ．①王… Ⅲ．①随笔－作品集－中国－现代 Ⅳ．①I267.1

中国版本图书馆CIP数据核字（2018）第113997号

黑白梦华录Ⅱ

作　　者：王勤伯
责任编辑：赵　超
装帧设计：周伟伟
出版发行：作家出版社
社　　址：北京农展馆南里10号　　**邮　　编：**100125
电话传真：86-10-65930756（出版发行部）
86-10-65004079（总编室）
86-10-65015116（邮购部）
E-mail:zuojia@zuojia.net.cn
http://www.haozuojia.com（作家在线）
印　　刷：北京中科印刷有限公司
成品尺寸：130×185
字　　数：152千
印　　张：8.25
版　　次：2018年7月第1版
印　　次：2018年7月第1次印刷
ISBN　978-7-5212-0061-4
定　　价：42.00元

本书献给 Bea、Lety

序

足球，节奏，

星球，乡愁。

我的乡愁，是面对有限时空的乡愁，是追求终极胜利的乡愁，是在速朽的日常里对从未生活过的日常永久的乡愁。

坐在伯纳乌球场里观看一场欧冠决赛，我也反复去想，这球场不就是一艘巨轮的形状?

会不会在球赛结束时，8万人才陆陆续续地醒过来，发现巨轮已把我们载入汪洋……

足球之外，我要的就是那片汪洋。

诗人佩索阿说:“航行是必须的，生活不是必须。”

我永久行进在前往精神祖国的航路上。球场是我的船，足球是罗盘，我还要创造自己的海洋，亲手给它颜色和波浪。

目录

第一章　内心有狗

足球是我们时代最后的神圣礼仪。

——帕索里尼[1]（意大利）

[1] Pier Paolo Pasolini（1922—1975），意大利作家、诗人、编剧、电影导演。

“足球是童年的游戏，我们永远治愈不了自己的童年。”

说这话的人，可能是法国南方一个橄榄球俱乐部的主席，可能不是。

他也可能是个无名无姓的老诗人。脸上的胡楂在地中海国家的阳光滋润下长得又粗又壮，光合作用让胡楂周围的肌肤越来越像翻耕多年、气孔丰富的泥土。他在老港码头石沿上抽着烟，一条接一条地钓沙丁鱼，收音机里播放着法甲比赛的消息，他用一份《队报》为鱼饵桶里乱爬的活蛆挡住太阳。足球、鱼和蛆，都是他的日常。

他可能是一个连环杀人凶犯，每一天已对他不再有含义，明天他就要被执行死刑，往昔像涌过桥洞的洪水撕扯叠打着重犯牢房的墙壁，他突然清晰地回想幼时得到的第一个皮球，被父亲错误地充了太多气，第一脚用力踢出去，他疼得嗷嗷叫。父亲在一旁开心地笑。

他可以是一个中学英语老师。学英语、教英语对他来说是个纯粹的误会。他的脑海里每天都是 Argentina，Maradona，Batistuta，西班牙语是一种多么神奇的语言！那么多名词、形容词、地名和人名以 a 结尾，天生的韵脚。

于是，在讲解高考模拟试题的间歇，他不忘给那些瞪着大眼睛的少男少女教几句基础西班牙语：Hola，adiós，gracias，vamos，fútbol……还有 Buenos Aires，好空气城，阿根廷首都，名叫“糖果盒”的体育场，Bombonera，他一直梦想要去的地方。

他也可以什么都不是，谁也不是。

他可以就是你，这本书的读者。

然而，即使他就是你，或者他不是你，他是谁，你叫什么名字，都和本书没有关系。足球自古以来就是一门神圣不可侵犯的大众写作，像《圣经》一样的大众写作，只有圣徒留其名——足球世界里最著名的一类圣徒名字，是南美球员的绰号，风之子，大脚，鸭子，烟枪，跳蚤，兔子，巫师，王子，食人魔——原作者无可查询，我们只知道，从某个时候开始，“大家就这样叫他。”

每个人想起足球和自己，都会记得，从童年的某个时候开始，足球走进我们的人生。但足球又何尝只是童年的游戏？我们无法治愈的，岂止是童年那么一点点？

足球也是少年的游戏，是青春的记忆，我们无法治愈童年，也无法治愈青春，无法治愈记忆，就连“无法治愈”这件事本身，也在脑海深处的沉积岩上叠加成新的一种无可救药的记忆。

2018 年俄罗斯世界杯抽签仪式上，蛋民精神领袖、著名记者马德兴说，他已经年过半百了，恐怕这辈子也没有希望看到中国队捧起大力神杯。

马德兴无法治愈蛋民和中国足球，我也无法治愈马德兴。

反之亦然。

2014 年版《黑白梦华录》或许应该有一个副标题：《黑白梦华录·球飞蛋打》。

4 年后，我动笔写《黑白梦华录Ⅱ》，仍然对鸡蛋和蛋民关怀备至，马丁·路德·兴不顾宗教改革运动 500 周年的喜庆日子，对我发出严正抗议：

“你丫不写我要死啊？”

他说的有道理，如果没有道理，他就不是皇家马德兴。

为了在这日新月异、天翻地覆的无聊的世界里找到一点点乐趣，我得围绕足球、蛋民和马德兴，把写作和生活维持下去。

人类知识的建立途径是分门别类，人类发展知识的途径是无穷尽地分门别类。我对世界的认知仍然停留在原始人水平，我只爱区分“无聊”和“有趣”。

可是，谁又能证明自己有趣，而剩下的一切都是无聊？一个认为自己总是有趣的人，岂不是彻彻底底的无聊？需要多少天分或创造力，才能像每天起床一样总是从无聊里走出一小步？

意大利创作歌手卡利法诺[1]有一首名曲叫《剩下的一切都是无聊》，讲述一个男人找女人调情时内心的空虚：

调情如事先设想一样进展顺利。

然而，“第一个夜晚，你得证明全世界就你最会做爱。”

做完以后，“剩下的一切都是无聊，我说的不是快乐，是无聊，无聊，该死的无聊。”

2008 年 3 月的某一天，70 岁的卡利法诺熟睡醒来，发现家中被盗。盗贼偷走的现金和手表价值很有限，但找到了他的汽车钥匙，直接去车库里把豪华越野车开走了。

尽管家里两辆汽车的钥匙放在同一个地方，盗贼却留下了卡利

---

[1] Francesco Califano（1938—2013），意大利创作歌手、音乐制作人、诗人、作家、演员。

法诺的斯马特两座微型车，并在车门上大笔赠言：

剩下的一切都是无聊。

我对写作的兴趣完全吻合这伙盗贼的心理。

文字的世界里，我不在意偷到什么、也无所谓留下什么。我没有读尽名家的愿望，也没有成为名家的幻想。如果一个人雄心壮志尽其一生想用文字给世界留下点什么，我会感到怀疑，那些自称意义深刻的留存，那些被书商标榜为地位卓绝的作品，是否强得过这一句话："剩下的一切都是无聊"？

报道足球之余，我是一个文学翻译者和研究者，潜心匈牙利文学。有时候我也会旁观文学圈里创作者、研究者、翻译者们的讨论。很可惜，关于语言和文字的看法，我和他们完全不一致，他们热衷于讨论谱系、师承、技法、地位，他们会赋予天花板上的一盏灯深远的含义，而我认为，即使马拉多纳和梅西的进球也是缺乏深刻含义的，但这份美丽动人的肤浅，或者说，书写足球世界所有美丽动人的肤浅，才是我的语言准则。

足球写作的精髓是反权威、反经典、反大师，因为足球绝不仅仅是追星和造神，足球是不断从头再来、重新开始的童年和青春，无论对小球迷还是老球迷都是如此。

在足球写作的世界里，我不想成为权威，不想留下经典，不想自诩大师，我更想成为一个飞檐走壁的江洋大盗，一个呼风唤雨的巫师，一个念念有词的萨满。我不确定什么很有趣，但我确信什么很无趣。一个人写足球，就是一个人在踢球，踢球不一定时时刻刻有趣，你可能滑倒、摔倒、被对手铲倒、撞倒，或者试图踩球转身过人的时候不知怎的就让皮球留在原地自己飞了出去，这些不一定有趣——尽管对手会认为你摔倒或飞出去很有趣——但无论如何，除了在场上飞奔的分分秒秒，剩下的一切都是无聊，都是无聊！

那些被封为权威、留下经典的大师，有没有谁把足球视作终生的遗憾？

当然有，他来自巴西，名叫西古·布阿尔克[1]，留下传世的音乐杰作，也是赢得过巴西文学最高奖的小说家。

然而，西古说他最大的爱好不是音乐或文学，而是足球，他的儿时梦想是成为球员加入巴西国家队。他曾跑去圣保罗的尤文图斯俱乐部试训，对方看到他身材瘦弱，直接让他回家了。

现在西古·布阿尔克已近 75 岁，仍然坚持踢球。他有自己的小球场，每周踢 3 次，断过十字韧带，伤愈之后继续踢。如果去国外旅行，他一定要找到球场。他说希望踢到 95 岁。

---

[1] Francisco Buarque de Hollanda，弗朗西斯科·布阿尔克·德奥朗达，简称 Chico Buarque（西古·布阿尔克），1944 年出生在巴西里约热内卢。他的父亲塞尔吉奥·布阿尔克·德奥朗达是 20 世纪巴西最重要的历史学家。西古·布阿尔克拥有极高音乐和文学天赋，60 年代末成为巴西乐坛巨星，因反对军政府独裁，70 年代一度流亡意大利。西古·布阿尔克后转向文学，赢得过巴西文学最高奖 Jabuti 奖，《布达佩斯》等小说被翻译成多国文字。

一个在音乐和文学两大人类艺术领域取得卓绝成就的人，为什么最爱是足球？

西古指着自己家里的狗，狗狗总是在嘴里含着一个网球，“踢球可以让你重新成为内心深处的那条狗……”

我觉得自己内心最有趣的部分，就是那条狗。我常常忘记它，并因此产生无法消减的负罪感。

当我在某个无意识的瞬间解开它身上的锁链，不是它被释放出来，而是我重生了一次，从一条母狗的子宫里钻了出来，活蹦乱跳地闯进眼前的人世。

穆里尼奥可以帮我证实，从母狗子宫里钻出来，是一种独一无二的快感。2003/2004 赛季，他执教的波尔图在冠军联赛半决赛淘汰西班牙球队拉科鲁尼亚。拉科鲁尼亚前锋卢克在更衣室通道里高喊：“穆里尼奥，de puta madre！”

这个西班牙语表达里，de 是介词，puta 是母狗（或婊子，妓女），madre 是母亲，字面上像在说，“狗娘生的”“婊子养的”，穆里尼奥的助手听到以后，差点冲上去和卢克干架。

穆里尼奥拦住了助手，他在巴塞罗那生活过多年，知道这句话在西班牙语里的含义：棒极了！酷！

说到 puta 一词，在安达卢西亚，皇家贝蒂斯球迷有一首短歌这样调侃同城对手塞维利亚：

我女友，支持塞维利亚，世上又多了一条母狗。

我挺喜欢这短歌，我不认为这代表某男想要羞辱自己女友，它唱的是一个男人在女人面前的欲求不满和欲罢不能，关于性别的困境和存在的无奈，很拉丁，很西班牙，很安达卢西亚。

匈牙利作家艾斯特哈兹[1]曾试图向一位作家同行解释一句球场里的脏话。他想说，在足球世界里使用污言秽语，程度和性质并不像在日常生活中使用起来那么严重。同行不喜欢足球，对艾斯特哈兹的解释嗤之以鼻。在我们的时代，种族主义、反犹主义、民族主义、女权主义，总是不可避免地成为字面问题，人们也倾向于认为需要从字面去解决这些问题。

就像蛋民和人民分野清晰，我相信即使在喜欢足球的读者里，也会有人看法和我的解读千差万别。但我不在意你们怎么想，只有糟糕的畅销书作者才会总是去考虑读者是否同意某个说法、去关注大多数人会怎样反应。既然世上有很多"秩序癖"受不了足球的疯狂，有无数道德至上者憎恶球员和球迷的夸张，有亿万蛋民戒不掉吃蛋炒饭的习惯，当然就应该有同样多的人为这本书的某些段落或某个看法气急败坏。De puta madre……

---

[1] Esterházy Péter（1950—2016），《黑白梦华录》中写成"彼得·艾斯特哈兹"。遵照匈牙利语姓前名后习惯，并保持与其作品中文译本的统一，在此特意更正。

我和狗狗之间的语言，比较接近足球语言。或者说，如果我对狗说话就像在足球场上说话，它们理解起来会更容易。

有一次我们的汽车遇到红灯停在路口，路边刚好有一位站街女。

她对我没有任何表示，猎狗 Momo 却在后座上对她狂吠不止。

这样不太好，但无论我怎么呵斥——“停!”“别嚷了!”“Stop！”——Momo 就是停不下来，吼得唾沫飞溅，甚至两条前腿压到性格温顺的 Oliver 头上朝着车窗外的东欧姑娘狂吠。

情急之中，我冲它喊道，“Momo，你妈 B！她是一个 puta，你妈妈也一样!”

Momo 立即不叫了。

多年前我看过一部墨西哥电影，片名正是《你妈妈也一样》[1]。

最近一两年，我总是熬夜写字，不再清晨起床。已经快中午，我才带着两条狗去街边小吧早餐。

之后，Momo 和 Oliver 在公园的草地上和其他狗狗追逐玩闹，在矮树丛边大小便。我也看看天气，看看手机，看看行人，其实我什么也没看，只等自己有了便意，就牵着它们往家赶。

有一天，Oliver 玩兴正足，却被我套上狗绳急匆匆地牵着往回

---

[1] Y tu mamá también（2001）港译《衰仔失乐园》，阿方索·卡隆执导，获得过 2002 年洛杉矶电影节最佳外语片。Y tu mamá también（你妈妈也一样）在墨西哥是一句脏话。

走。走出好远，我才发现它的嘴里一直衔着一根粗粗的短木棍。

路边有一家房地产中介公司。橱窗里都是漂亮的房产广告。佛罗伦萨的房子在照片上总是古色古香，一种诱人定居下来的美好生活气息，“传统佛罗伦萨风格”“托斯卡纳风情”“采光极好”“含教堂景观”“名贵楼盘”“百年酒庄”。

房产广告是我不买房子的重要原因，我不相信为上述这些理由买房定居就可以过上美好生活。此外，我没有钱。

所以，我在比睡梦更阴郁昏暗的亚平宁冬日对自己说，即使我有钱，也不会买那些房子。

所以，我在阳光点燃各种幻想和惆怅的春日对自己说，即使我很有钱，也不会买那些房子。

但 Oliver 想要那些房子。我被强劲便意催着往家赶，它却在房地产中介公司门口停步，嗅了嗅地面，又嗅了嗅墙角，再认认真真地把嘴里的短木棍吐出来，放在刚贴出来的一栋托斯卡纳乡间别墅广告下方。

我让 Oliver 重新衔起短木棍，它怎么也不接受指令，就像一个莽撞的顾客把钱拍到柜台上，只等取走货物。

房地产中介公司的一男一女在橱窗里诧异地瞪着门外的一个男人两条公狗。他们为何驻足？他瞄过好几眼那些房产广告，他曾在之前的某个上午驻足停留仔细看图看价格，他会不会是一个富有的中国人，轻轻松松就能出手在意大利买个大房子？

在他们诧异又略带某种侥幸希望的眼神里，我看到了人类这个物种的全部局限。我想对他们说：亲爱的女士，亲爱的先生，是Oliver想要房子，它没有钱，但它是一条可爱的狗狗，是一条表里一致的好狗，它总是预设世界上的人都是好人，认定世界上的狗都是好狗，它在草地上看到一只受伤的鸟，会前脚直立乖乖坐好，偏着脑袋观看鸟儿的动向。它从来不抱怨城里的公寓，但看得出来，它想生活在乡下的别墅房子里，可以随时去橄榄林拉屎，去青草地摄取维生素，在家门口的石台阶上享受阳光。

可是我什么也没说，我一开口就能说出人类的局限，这有点无聊。人类的局限就是那么一回事，我说出来于事无补，改变不了我对狗的羡慕。一条狗对一个托斯卡纳乡下别墅的向往，无论从愿望还是实用角度，都比人纯粹很多。Oliver不会考虑别墅的装修标准、升值空间和转卖时机，不会趴在托斯卡纳艳阳下玩手机。一条狗待在阳光里，它就是待在阳光里，它和阳光的关系直接又密切。

我把短木棍从房地产中介公司门口踢开，在人行道上踢着往前走。

第一脚，我体会到木棍的硬度，第二脚，我感到疼痛，很久没有带过球的右脚外脚背有明显痛感，第三脚换成很久没有停过球的左脚内侧，也有痛感。木棍不听使唤，就像小时候内胆灌气太过、外皮还吸满了水沉得像沙袋的皮球。

两条狗兴奋起来，它们仍然不想去衔木棍，但只要我把木棍往前推动一步，它们就会围着它跳跃，像在紧跟一个身陷重围的猎物。

我比它们更兴奋。我又重新成为自己内心深处的那条狗，我们三条狗，一根木棍，在意大利佛罗伦萨的大街上扭着滚着往前走。

狗是一种多么宽容的动物！我立即原谅了这个城市所有的该死之处。地面长长的裂缝，现在已变成球场的边线，我变身华金一样的边锋，沿边线带球疾进；积水的小坑，只是一个转身缓慢的后卫，我佯装要把短木棍拨向他的右侧，却突然变向，在他失去平衡的瞬间从另一侧通过；违规停在人行道上的摩托车，被我玩了一个干净利落的穿裆！

唯一无法实现的是对路牌来个人狗分过，如果我在人行道上放开狗绳，Momo 或者 Oliver 可能失去控制，跑到街道中央。

我们刚刚离开的是佛罗伦萨面积最大的马西莫·达泽利奥广场。尽管佛罗伦萨古城区最大的广场以马西莫·达泽利奥命名，绝大多数意大利人不知道他是谁。

我给不下 50 个意大利人解释过此人的身份：著名画家、作家、民族主义者，为意大利建国做出过重要贡献，生在都灵，死在都灵，留下过一句名言："意大利已经造出来了，现在我们得制造意大利人。"

“所以……这是什么意思？”一些人问。

“就是说，意大利人是最近一百多年才造出来的。”

“之前呢？之前我们造什么？”

“好人和坏人。”

马西莫·达泽利奥广场早已在身后。身后的名字都是被我带球晃过的对手。

我想起广场一角的房子上有块牌子：1924年诺贝尔奖得主瓦迪斯瓦夫·斯坦尼斯瓦夫·雷蒙特[1]曾在这里居住。

因此，我早先也曾带着脚下的短木棍晃过了波兰球员雷蒙特，这个东欧大胡子在我灵活的脚法面前自动摔倒，就像突然喝醉了酒，而我已准备好面对下一个对手。每当我风驰电掣地过掉一名球员，我也会立即忘掉他的面孔，就像风驰电掣地在狗生里忘掉人生的种种面相。

忘记！忘记！狗生教我忘记！剩下的一切都是无聊，脚下的皮球是唯一的重要。雷蒙特最著名的一部小说叫《农民》——既然此生恐难有兴趣拜读，我为什么要去记住这条信息？这是知识，还是两个普普通通的中文字？

---

[1] Władysław Stanisław Reymont（1868—1925），波兰现实主义小说家。1997年上海译文出版社《农民》将其名字译为弗拉迪斯拉夫·莱蒙特，未尊重波兰语发音，此处不和中文译者统一译名，选择维基百科提供的译名。

我更应该记住 Beyond 的《农民》，那是好听到狗也喜欢的曲调，是不属于科学知识的歌词：

忘掉远方是否可有出路，忘掉夜里月黑风高，踏雪过山双脚虽渐老……

还有一位诺奖诗人在附近的贝卡利亚广场住过，他叫蒙塔莱[1]。距离我太远了，就像圣西罗球场第三层看台上身影模糊的观众。

我带球前进，即将到达多纳泰罗广场。广场中央是佛罗伦萨的英国公墓。

意大利名城到处埋葬着不想死在本国的英国诗人，罗马的新教公墓有济慈和雪莱，佛罗伦萨英国公墓有勃朗宁夫人。

是的，他们都是我的对手，我是华金，也是德尼尔森，是大儒尼尼奥，还是罗本。对，我是罗本，不是裸奔，接下来，我要带球过掉勃朗宁夫人。

她紧束腰胸、站在重重衬裙褶皱中，像站在一座金字塔里，也像一个移动的盆景，她是维多利亚时代最受尊敬的女诗人，而我，21 世纪早期的一条公狗，准备带球冲向这位淑女？

没问题，足球也诞生在维多利亚时代。我带着在英国学会的礼节，带着分寸感清晰的殷勤，对她说：

---

[1] Eugenio Montale（1896—1981），意大利诗人、散文家、编辑、翻译家，1975 年诺贝尔文学奖获得者。

亲爱的夫人，您说得很对，“女人总是比同龄的男人更年轻”，就好比说，我的内心深处住着一条公狗，它也比我更年轻。男人，女人，狗，男权社会的阶序，就是倒置的青春阶梯。

勃朗宁夫人犹豫着，或许她在考虑应该对眼前的哪一条狗说：“I love thee”。

但这不是我期待的答案，我踩球转身，以一个从齐达内那里偷师学来的维罗妮卡把她和她的那堆裙子留在原地。

Sorry，Madam，I love tea.

一个身着整洁正装、腋下夹着黑皮公文包的老人走过来。

他显得很害怕，就像正在目睹瘟疫的发生。他害怕三条围着短木棍蹦蹦跳跳的狗？害怕狗狗突然关心起人类命运？害怕短木棍突然结束冬眠像火箭一样飞向他身体的某个弹道？

总之，他好害怕，恭敬又害怕地躲到路边，身体几乎就要贴到墙上——人行道如此宽阔，他原本占据了一半空间，可以在距离狗尾巴至少 1 米远的地方轻松通过，但他选择不通过，他紧紧搂抱着自己的恐惧，着了魔。

我突然想对他狗吠。

请记得现在我是自己内心深处的那条狗，我不是人类，我只想对他友好地狗吠，像一条狗见到另一条狗时欢天喜地打招呼的狗吠，一边拼命摇尾巴一边口水飞溅的狗吠。

如果我现在是人类，我要对他掏出一根铁钉，表明我不是意大利人，而是巴西人，一个热爱音乐和足球的巴西人。

在意大利，人们热爱重复“prego”，满大街都能听到“prego，prego”——别人说“谢谢”（Grazie），你说“prego”，表示“不客气”。为别人让座、让路，你主动说“prego”，表示“请”——一个意大利人和一个巴西人对待 prego 的态度有天渊之别。

巴西桑巴音乐大师多里沃·卡伊米年老时来意大利访问，发现意大利人不停地说“prego”。prego 在巴西葡语里是“钉子”的意思。卡伊米找来一根铁钉，意大利人一说“prego”，他就亮出手里的铁钉。

我手边没有铁钉，只有脚下的木棍，巴西老人卡伊米的铁钉代表人类世界内部不可救药的语言文化差异，也是一颗从巴别塔上掉下的铁钉。但一个人无论长幼，可以救药也无需救药的永远是内心深处的那条狗。

是的，怕狗的老头已年迈，从 20 岁开始，他就习惯周一到周五上午起床后把自己套进整洁的正装里，他可能是一个资历非凡的律师、公证人，是下层人无缘进入的职业圈子成员，然而我坚持相信，只要他还活着，他的内心深处一定住着一条能从木棍或皮球里看到世界滚动的狗。每个人都会死，但我们内心的狗或有某种永生。

把一个老头吓退到路边，我没有负罪感，我的狗也没有负罪感。我只有怜悯和同情。喂，你这个把职场资历贩卖到大街上的家伙，妄想在雨天之后的佛罗伦萨走路不弄脏皮鞋的职业人士，以为全人类都像你一样活在铁钉和公文包的传送带上就能天下太平的野心家，为什么胆敢忽视我突如其来的青春和快乐？你错过了一次对青春致敬的机遇，你原本可以和自己活过的青春相互致意，你仍有机会为某个肺泡里残存的青春送去一丝新鲜空气；多可惜啊，你正在错过一次快乐的分享，你只需要笑一笑，就可以从我脚下分走一缕冬日暖阳。

我想起西古·布阿尔克1998年世界杯期间在法国巴黎为《圣保罗州报》撰写的专栏：

喝口干邑白兰地，现在我感受到了这个城市的亲切。

雨已停，这样的夜晚适合漫步。古老的路石闪闪发光，石头圆滑仿若小男孩的脚，我立即想要顿足起舞。

我跺起舞步，真的，我竟跺出一种好听的声音，声音在狭窄的街道里回响。我看见一道窗户打开，一个戴帽子的女人探出头来，她的脸并不好看，我却看见她的喉咙，我知道她要喊叫，赶紧转过街角，加快脚步。

跨过塞纳河，走到杜乐丽花园，我蹑手蹑脚地走过那些装满荣耀、门牌和哀伤的街道。伏尔泰出生在这里，雨果在这里住过，保罗·塞尚在这所房子里作画，德彪西在这里去世。

在这里，我的骄傲却胜过了巴黎——我想着尼尔顿·桑托斯、齐齐尼奥、帕甘，想着卡斯蒂利奥、平达罗、皮涅罗。

段落末尾的6名球员，尼尔顿·桑托斯是1958年世界杯冠军队成员，巴西队历史上最杰出的边后卫之一，齐齐尼奥是1950年世界杯巴西国家队领军人物和马拉卡纳惨案亲历者，帕甘是50年代桑托斯队著名中锋，卡斯蒂利奥、平达罗、皮涅罗则是50年代弗鲁米嫩塞俱乐部名噪一时的"终结三叉戟"。

西古有意不提贝利、加林查等最显赫的名字，无需球王出手，一个巴西俱乐部的三叉戟，或是一个悲剧球星，亦可带着巴西音乐的即兴激情完胜巴黎小市民的陈年拘谨。

1998年世界杯决赛，巴西输了。0∶3输给东道主法国。

但巴西永远是巴西，贝利和加林查的巴西，济科和罗纳尔多的巴西，小罗和内马尔的巴西……法国队胜利时，涌上街头的法国人都是铁塔找凯旋门做爱下的红白蓝三色蛋，巴西胜利时，世界会忘记巴西，拥抱快乐、桑巴和狂欢。

前方是红绿灯。汽车列队停在斑马线外的三条车道里。

我的控棍技术已足够娴熟，在十几个汽车司机的注视下，我踢着短木棍过了斑马线，到达大街中央的隔离带，等待下一个红绿灯，完成对安东尼奥·葛兰西[1]大街的穿越。

这是十月革命100周年的冬天，我在川流不息的街道中央自问：一条以意共创始人命名的繁华都市大街，哪一边更接近世俗社会的彼岸？哪一边更保守更反动？哪一边更激进更革命？那些不守规则在斑马线上和行人抢道的司机，是革命先锋队还是反革命投机分子？

脚下的木棍在滚动，内心深处那条狗让我变得坦然。为什么我要为人类命运付出超越内心狗运的担心？除了足球，哪一种人类理想亦曾些许解放过我内心深处那条狗？

佛罗伦萨人但丁说："没有比在悲惨中想起幸福时刻更痛苦的事情。"我和我内心的狗有什么理由站在冬天里盼望下一个春天？我的内心里就住着春天，比波提切利的《春天》更春的春天。当我的双脚渐渐变暖，触碰木棍时不再疼痛，我已走进不是明天也不是昨天的春天。

脚下在滚动，我即是春天。

葡萄牙作家瓦尔特·乌戈·曼伊[2]曾有幸去里约热内卢家访西

---

[1] Antonio Gramsci（1891—1937），意大利思想家，意大利共产党创始人之一。他的"文化霸权"理论对后世影响深远。葛兰西尤其在意大利"红色地区"托斯卡纳影响甚广。

[2] valter hugo mãe（1971-），（他习惯把自己的名字所有字母全部小写），出生在安哥拉的葡萄牙作家，获得过萨拉马戈文学奖、葡萄牙电信文学奖等重要荣誉，他的作品深得萨拉马戈喜爱，萨翁称赞他是"语言海啸"，"有时候，我感觉就像在目睹葡语的一场分娩。"

古·布阿尔克。

西古的家是半山腰上一栋俯瞰大海的房子。瓦尔特难以抑制见到偶像的激动，落座以后说，“西古，麻烦你让我先平静一下。”

过了大约10分钟，瓦尔特开口了，“西古，你住在一个灯泡里。”

他说的是西古的家，陈设极简，只有光线，每个方向都是光线，光线从四面八方涌来，从天空和海洋上飘进来。

我没有读过瓦尔特的作品，只是在一次从巴西回欧洲的航班上读过他的访谈，一直记得这句话。

人类总是在设计自己的家，既然人类历史上最伟大的一位发明家是爱迪生，那么最理想的人类生活莫不过就是活在一个灯泡里。灯泡是人类理想的宿命，只有我们内心深处的狗才有真正的春天，才是春风吹又生。

安东尼奥·葛兰西大街两侧，一半是冬天，一半是冬眠。

中央隔离带的人行道是一条凹槽，积满冬日的雨水。我遭遇一次带球失误，短木棍淹死在积水里……

这是一场事先张扬的死亡，只有迭戈、小罗、梅西一样的艺术家才能让脚下的一个橙子、一个网球、一根短木棍尽可能地活得长久。一个技术业余如我的球员，只能在道路上踢起一根木棍、一个纸团，然后又很快丢失。

但积水里淹死的短木棍并不能改变我的狗运和我的春天，因为足球的语言是胜利的语言，瞧，博尔赫斯已渡过了海洋，认识了许多土地，见过一个女人和两三个男人，而我已跨过安东尼奥·葛兰西大街，没有人留心我在冬天和冬眠中间跨过一条大街，但我拥有可以称为胜利的意外发现——我已战胜了自己的便意，它不再紧迫，不再急切，它还会反扑，终究会逆转，但在当下，在此刻，在这一瞬间，这是我的胜利。

至于那根短木棍的结局，我没有任何歉意。在足球世界里，无论你是大师还是菜鸟，所有带球失误都是遭遇，你没有失误，你只是遭遇了失误，就像你我原本并不存在，却被生命随随便便地扔进了人生里。

第二章　干货之海

我们内心存在某种没有名字的东西，那就是我们真实的自己。

——萨拉马戈（葡萄牙）

西班牙人博斯克是21世纪世界足坛赢得荣誉最丰富齐全的足球教练[1]。谈到自己和足球的关系，博斯克说：

“13岁时，我仍然没有看到过大海。我父母是萨拉曼卡俱乐部的球迷，有一天，他们带我随队去了坎塔布里亚一个客场。去球场为本队助威以前，我们去看了大海。是我第一次遭遇巨大的蔚蓝。太美妙了。是的，我喜欢足球，因为它让我认识了大海，世界，生活……”

原来博斯克和我一样，也曾是个胜利的干货！难以想象的是，

---

[1] 在国际赛场上，博斯克率领皇马在2000年和2002年两度捧起欧冠奖杯，2002年还赢得世俱杯。2008年，博斯克接替阿拉贡内斯执教西班牙国家队，2年后在南非夺得世界杯冠军，2012年又成功卫冕欧洲杯。21世纪世界足坛尚无教练超越这一成就。

博斯克的家乡是西班牙文化名城萨拉曼卡，离海并不远。往西去葡萄牙、往北去西班牙阿斯图里亚斯，海岸线都在350公里车程以内。

我的家乡是一个川南山区小县城，离北部湾的直线距离大约1000公里。但海就像电视屏幕和杂志海报上的足球明星一样，拥有远远超过实际公里数的神秘。山城里的一切都可以加上“小”字，小河，小桥，小路，小巷，小街，小姑娘，小院子，除了很多大伯父、大舅公和大姨妈，小县城里找不到“大”，大字总在远方，大江，大河，大海，大风，大浪，大明星，大学，大公园。

所以，即使我们彼此不认识，大城市里那些普通话说得更好的人，也在努力对县城里的人解释，大海是怎样的存在。

我们一家三口住在父亲任教的学校里。和教工宿舍隔河相望的建筑是县川剧团。我逐渐长大的几年里，县城里看川剧的人越来越少，川剧团变成了电影院和录像厅，女演员也坐到街边的椅子里，改做售票员。

唯一没有改变的是他们对县城文化生活的影响力。剧团楼顶有一个超级大喇叭，每天上午会固定播放几首歌曲，包括《十五的月亮》《回娘家》《大海啊故乡》。

我对于月亮、娘家和大海的初初认识都来自那个大喇叭。

月亮：照在家乡，照在边关。

娘家：左手一只鸡，右手一只鸭，身上还背着一个胖娃娃。

大海：大海啊大海，就像妈妈一样。

对我构成核辐射影响的是最后这首歌。在大地母亲、祖国母亲等一系列中国青少年认母仪式之后，我在课堂之外又认识了一个母亲，从未谋面的母亲。

2002 年世界杯，汕头海边长大的张晓舟在日本写了一篇著名的球评：《一条死鱼吐出整个大海》。

当时他还不会使用电脑，更不会打字，在新闻中心伏案写字，奋笔如飞。我负责帮他发传真，看到第一页纸上的标题，我立即怀疑他在写我……

我上高中时，父母的朋友送来两条干海鱼。对于只在电视、书籍、杂志、海报上见过海的我，干货就是整个大海。我已见过海盐、墨鱼和海带，却是第一次见到海鱼，它有眼睛、有尾巴、有鱼鳍、有鳞甲，可惜已经干了，否则尾巴和鱼鳍会被剁下来贴到厨房的墙上。

母亲不知道怎么烹饪这玩意儿。两条鱼安静地躺在柜子上方，我时不时会走过去把它们捧在手里，深深吸气，让大海流进五脏六腑。我还在琢磨什么时候可以把大海吸干，母亲就已把干海鱼转送别人了。

那时我已听说过王朔这个名字。和现在一样，我对他的了解仅限于人的名字和书的名字。《一点正经没有》《玩的就是心跳》

《千万别把我当人》《我是你爸爸》《过把瘾就死》……他的书名都很好玩，好玩到我不愿去读书里的内容，就像害怕破坏了一块巧克力精美的包装。

对我这个干货，书名《一半是火焰一半是海水》约等于风暴来袭。

川南小县城街边有很多麻辣烫摊子，漫天覆地的绵绵冬雨里，雨棚拦出一个河心岛，三四个蜂窝煤炉子，热腾腾的底料锅。篮子里躺着肉类、蘑菇、莴笋、木耳……穿在竹签里的海白菜、海带、墨鱼片就是大海，它们从上千公里外运过来，裹着火红的辣油，在内陆小孩的肠道里到达终点站。

我坐在麻辣烫摊子边吞吃“一半是火焰一半是海水”。有一次吃了太多，或是海白菜没泡开太咸，哗啦啦地吐了出来。我躺坐在塑料椅里，四肢瘫软，两眼翻白，眼冒金星，像被大海洗刷过了肠胃。

一条死鱼吐出整个大海。

乌拉圭作家爱德华多·加莱亚诺[1]曾写下《拉丁美洲：被切开的血管》《足球往事：那些阳光与阴影下的美丽和忧伤》《火的记忆》等多部畅销书。他爱足球爱到入骨，有个坚持一辈子的习惯，

[1] Eduardo Hughes Galeano（1940—2015），乌拉圭记者、作家，拉美左翼畅销文学代表人物，曾流亡阿根廷、西班牙等国。

每隔 4 年世界杯到来，加莱亚诺会在家门外挂上一块牌子：“因球关门”。

加莱亚诺说，“世界杯期间，我从地球搬去足球住。我努力看完所有比赛。世界杯不结束，我不出门，很简单。”

和乌拉圭老人彻底相反，每逢世界杯、欧洲杯，我一定要走出家门，去看看地球是否安好。

没有足球大赛的日子里，我并不肯定自己住在地球上。在中产阶级为自己构筑的现代公寓隔间和日常生活路线里，有白色的洁具、整体厨房、分类垃圾桶、可降解塑料袋、缠绕不清的电源线、丑陋的电脑桌，就是没有地球。

我每天阅读七八种语言、10 多个国家的 20—30 份报纸，但我看的是报纸，不是地球——地球是一个蔚蓝色的星球，看到大海才是看到地球，只有确信自己站在地球上，我才能确信“世界杯”不是一个网红名字或者内衣牌子。

2010 年 7 月 11 日，博斯克率领西班牙队在南非世界杯决赛中遭遇荷兰队。那天晚上我在西班牙，在坎塔布里亚，博斯克第一次看到海的地点。

我为报纸采写西班牙民众如何度过世界杯决赛夜的稿件。在西班牙地图上，我画了一个小圈，一条未知的路线，起点和终点城市名叫桑坦德，坎塔布里亚大区首府，和意大利之间有廉价航线。

决赛开始前两天，我去了潘普洛纳，在清晨时分目睹了奔牛节的炽热和淫靡，再绕远路北行，在西法边境的圣塞巴斯蒂安，第一次看到西班牙北方的海。

一条柔美清丽的海岸，满目苍翠，沿路时不时出现一个隐秘、精致的海湾。为了鳕鱼、财富和自由，北方的巴斯克人从这里一次次扬帆远航，或归或不归；因为一个突然惊醒的噩梦，南方的安达卢西亚人后代绕过大半个地球，来到此处定居。

这个安达卢西亚人后代名叫路易斯·塞普尔维达。《黑白梦华录》曾讲述他的故事：

塞普尔维达的祖辈是安达卢西亚无政府主义者，反抗弗朗哥失败，流亡去了智利。爷爷教育孙子，最有价值的旅行，是去到什么也不是的地方。

所以，塞普尔维达年纪轻轻就拿到一份国际左翼学生奖学金去苏联留学，到达了一个什么也不是的地方——在莫斯科被抓到和某共产主义科学院院长夫人同睡一床——他被遣送回智利，又因反对皮诺切特独裁被捕、流亡，在欧洲定居，成家，分居，离婚……

某年夏天，塞普尔维达带着婚姻失败的挫败感长途驾车从法国南下，夜宿靠海的山坡上。当他在清晨时分醒来，竟被眼前的翠绿和蔚蓝惊呆，散尽心中多年的不快。

那个地点毗邻坎塔布里亚，在桑坦德以西约100公里，名叫阿斯图里亚斯大区。在阿拉伯人入侵伊比利亚半岛的漫长历史中，只有小小的阿斯图里亚斯凭借险峻的地势和顽强的抵抗未被征服。

塞普尔维达的挫败感也来自法国巴黎的生活。他受不了法国人有事没事就瞪眼睛嘟嘴吹气怨天怨地，“那是有传染性的坏习惯。公车晚了1分钟，并不是什么问题，但久而久之，你也不由自主地为公车晚到1分钟抱怨、跺脚和吹气。”

世界杯决赛前，我在桑坦德海滨想起这段故事，明白巴黎人的病是一种干货病。但没有谁能治愈他们，大海也不能。某些个体在和大海的遭遇中获得顿悟，更接近宿命和缘分。

安达卢西亚人的子孙塞普尔维达，在就这样留在阿斯图里亚斯的海滨城市希洪，成为希洪竞技队的球迷。

除了希洪竞技，阿斯图里亚斯还有一支名叫皇家奥维耶多的球队，一位叫利略的教练曾在那里执教，他被视作4231阵形的发明人，是瓜迪奥拉的老师[1]。

利略曾说过一句话，“得知家人和朋友健康幸福，我喜上眉梢。还有……看伊涅斯塔踢球。”

---

[1] 瓜迪奥拉曾说过，对他的足球理念影响最深的两名教练是克鲁伊夫和利略。利略一辈子在中小俱乐部甚至低等级联赛执教，但瓜迪奥拉对其足球理念敬重有加。瓜迪奥拉球员生涯最后1年，甚至不惜去墨西哥联赛小俱乐部多拉多斯效力，只为成为利略的门生。

我来到坎塔布里亚海边，正是为了和西班牙人一起看伊涅斯塔踢球。

南非世界杯期间，我去了好几个国家，在英国、德国和意大利和当地人一起看过球，西班牙人对待足球的态度和他们着实不同。

足球比赛就像西班牙人的家庭节日，看球的人总是携家带口，呼朋引伴，一片闹哄哄。

这是西班牙队第一次进入世界杯决赛，第一次有机会成为世界冠军，然而，人们喝着葡萄酒、香槟和啤酒，吃着香肠、火腿、橄榄、奶酪，就像将要开始的只是一场重要的西甲或欧冠比赛，像聚集在一起观看某个著名斗牛士的表演，不为结果担惊受怕，不为宿命惶恐不安。

从比赛一开始，人们就在为哈维、伊涅斯塔的一次次精彩摆脱喝彩。在荷兰恶汉德容脚踢西班牙中场哈维·阿隆索胸膛逃过红牌时，人们的愤怒也持续得不太久。换成在意大利，如此误判足以引发地震。

下半时比分仍然 0：0，直到西班牙屡屡错失门前良机、荷兰队有过两次差点致命的单刀球，人们的脸上才出现痛苦和煎熬表情。但痛苦和煎熬在这个海滨城市也是转瞬即逝，即使在加时赛最胶着的时刻，我身边的男女老少仍在为伊涅斯塔的穿裆传球叫好。

这不就是利略所说的幸福？幸福不是拥有、占领、控制、掌握和炫耀，不是对结果的无尽担忧和猜想，不是给宿命徒增重量，幸福首先是沉醉和遗忘。此时此刻，我在观看世界足坛4年一轮回的生死对决，但也在沉醉和遗忘的现场！

我曾在现场看过不止一次世界杯、欧洲杯和欧冠决赛，但远离球场看台，置身于西班牙平民中间，平和与快乐的体验是独一无二的。

第116分钟，替补出场的法布雷加斯禁区前一脚巧传，伊涅斯塔一脚凌空抽射惊天地泣鬼神，西班牙队如愿捧杯。

我和数不清的小孩子们一起冲到了沙滩上，疯跑着，叫喊着，我不是西班牙人，也不是西班牙队的球迷，但我觉得自己也是世界冠军，因为那一刻我确信自己是个地球人，奔跑在天地之间，一边是足球，一边是海浪。

2016年2月，法国《队报》刊登了一幅海报，纪念该报创刊70周年。

浅蓝色的地图上，黑字标出的是“你从课本上学到的地名”。整个西欧，只有柏林、罗马、巴黎、巴塞罗那、马德里、伦敦和都柏林。

红字标出的则是“你从《队报》上学到的地名”：仅仅在伊比利亚半岛，就有毕尔巴鄂、拉科鲁尼亚、比利亚雷亚尔、布拉加、埃斯托里尔……仅仅。

足球让我学会的西班牙和葡萄牙地名，岂止这些？我还认识吉马良斯、马德拉、塞图巴尔、莱利亚、阿尔加夫、马拉加、加的斯、阿利坎特、赫罗纳、塔拉戈纳……

这是一份洋溢着普世价值之光的海报。20世纪大部分时间里，不同的人生活在不同的国家，意味着截然不同的经历和机遇、彼此隔绝的认知系统和方式，足球却提供了一份跨越时空的共同经历：阅读足球，认识世界。

同时，我也对知识始终保持着戒心，因为知识已在21世纪被弱化为“信息”，而我认为知识首先是姿势，是认知的姿势。足球教会我的认知，不是牢牢记住各种人名与地名、历史和轶事，而是遗忘；不是追求强大，不是建立谱系，也不是寻找在他人面前的诠释权，而是反对上述这些。

在桑坦德的世界杯决赛夜，桑坦德已被我遗忘，它的海港、它的半岛、它的位置和它的银行都不重要，重要的是伊涅斯塔、哈维、法布雷加斯、哈维·阿隆索、皮克、拉莫斯……远来如我认识他们，土生土长的小孩认识他们，我们一样地因为看到伊涅斯塔喜上眉梢，一样不需要谁来解释为什么看到伊涅斯塔让人喜上眉梢，这就是足球带我认识的世界。

我还忘掉了昨天、今天和明天。在海滩上狂奔到迈不动腿，我终于在一家小餐馆坐下，吃什么？

菜谱上有一道菜名叫“加利西亚章鱼”。那届世界杯，德国一个海洋馆里的章鱼成了享誉世界的预言帝。我决定就吃章鱼，佐上橄榄油、红辣椒和面包，把有关明天的预言一口一口送进肚里。

“那么，明天又在哪里？”

“哈哈……”

隔着餐馆里吸烟和非吸烟区的玻璃，一桌当地人又唱又笑。三个老人，两个中年人。

他们发现了我好奇的目光，扭转身子朝我举起红葡萄酒杯，唱得更加欢快：“那么，明天又在哪里？”

他们在问我？还是让我问自己？明天在哪里？

换在别的地方，这本是一句忧伤的歌词，在这个失业率居高不下的国家，人们越唱越欢，人们举杯庆祝：“那么，明天又在哪里？”

我喜欢西班牙语和西班牙语歌曲。人类语言的诞生和发展的过程，是权力与脑控逐渐加深的过程。20 世纪极权主义的灾难基础是语言系统的工业化，以及广播、电报、电话、印刷品等通讯传播手段的普及。

就连很多优秀作家也没有摆脱这个恶俗，试图为词语加入各种深刻的含义而不是反抗之。西班牙语、葡萄牙语却还保留着某种原初的气质，词义清晰但不被过分强调延伸，语义本身在反对着语义。爱诗的人见到西班牙语，就像爱马的人见到一望无际的大草原，de puta madre！

午夜已过，明天到来，章鱼消失了……

“明天”的开始是不到5小时的睡眠。桑坦德像个熟睡的婴儿，在海的摇篮里尚未醒来。在刚刚开门的小机场报亭，我像个外国大主顾，买了所能买到的各种报纸，在返回意大利的飞机上慢慢阅读。

西班牙的多样性是该国报业的福音，即使是世界杯夺冠，各地的报纸形式内容也截然不同，多买一份不是白买。全国性报纸如《世界报》突出国家观念“西班牙”，而巴塞罗那的《世界体育报》，7月12日几乎只有一个重要话题：安德列斯·伊涅斯塔，好几个版面献给了他。

翻到《世界报》的《坎塔布里亚副刊》，邻座的陌生女士突然伸手过来，“劳驾，稍等！”

我把《副刊》递给她，页面上是昨夜坎塔布里亚地区不同的人看球的照片。她对着右下角的照片凝视许久，一群老人坐在椅子里，有人和护士一起拿着西班牙国旗，有人系着红黄色发带，笑得很开心。

她指着正中央轮椅里的老人，“这是桑坦德竞技队过去的球星和教练南多·约苏[1]。”

又指着角落里另一位，“这是我父亲。他腿脚不便，也住在圣西普利亚诺养老院里。”

一天后，伊涅斯塔在巴塞罗那说：“让成千上万的人感到幸福，是无价的。”

我没说错，我看见过幸福。

我曾准备了一个有关伊涅斯塔的问题，打算渡海去问一位葡萄牙老人，他和自己的西班牙太太皮拉尔一起住在兰萨罗特岛。

葡萄牙作家若泽·萨拉马戈曾说：“我感觉自己是文学界的路易斯·菲戈。”

2010世界杯前，我通过书商对萨拉马戈发去采访请求，除了菲戈，我还想了解他对穆里尼奥的看法。

1999年，我刚刚开始接触葡萄牙语，有次去葡萄牙驻中国大使馆文化处参加活动，在赠品里找到一张印有萨拉马戈头像和签名的书签，上面写着他的话：

“残忍是人类的发明”。

---

[1] 原名Fernando Trío Zabala（1939—2016），昵称Nando Yosu，司职中场，50年代末至60年代初效力于桑坦德竞技，之后转会巴伦西亚随队赢得两次博览会杯冠军。在桑坦德竞技担任过教练、技术总监等职位。2016年因阿尔茨海默病去世。

宾客们对这个书签并未表现出特别的兴趣，活动结束时，我取走很多，回学校见人就发，尽管同样无法引发特别的兴趣。

兰萨罗特很远，是西属加那利群岛的一部分，位置在西非以西，坐飞机需要四五个小时。但我觉得和萨拉马戈很亲近，不仅因为书签，还因为童年的胶皮球。

1998 年，瑞典文学院宣布萨拉马戈赢得诺贝尔文学奖当天，萨翁的一位幼时伙伴对媒体回忆说："他是我们阿金尼亚加村那帮小孩第一个有胶皮球的……"

为什么是胶皮球？我知道答案。

在过去的年代，成年人的 5 号真皮足球不仅昂贵，小孩踢起来会非常费劲。我上小学时的第一第二第三第四个足球都是胶皮球。而且，我是我们那帮小孩里第一个有胶皮球的，一种莫大的虚荣。

萨拉马戈没有拒绝领取诺奖，但拒绝了这份儿时的虚荣，他专门澄清了胶皮球往事，"人的记忆是最值得怀疑的事情。记忆甚至可以捏造出从未发生过的事情，最后还坚信之——例如我有过一个胶皮球。我记得常去和他们踢一个胶皮球，但球不是我的。"

少年时代的萨拉马戈踢的是什么位置？他从少年时代开始就踢边锋？他是一个飞翔的边锋？还是一个速度太慢只能留在自家后防线踢边后卫的菜鸟，从早到晚想象着自己可以沿边线飞翔？……

在诺奖作家里，萨拉马戈是少有的公开捍卫美丽足球的人。他曾坦然表示，就算葡萄牙和德国的俱乐部相遇，他也不在意球队的国籍，他会选择支持踢得更漂亮的一队。

菲戈应是90年代中后期世界足球出产过的最优秀边锋，葡萄牙更是个盛产边锋而中锋稀缺的国度。作家专爱边锋，倒不那么令人意外。加莱亚诺解释过："我喜欢边路进攻，边锋在英语里是'wing'，是翅膀，阿巴迪[1]就是长着翅膀的人。"

边锋和边路突破，正是伟大的艺术家们那种看似边缘、却时常直捣黄龙、制造颠覆的生活路径。萨拉马戈可谓边路进攻至死，反独裁、反专制、反天主教会、反腐败、反新闻审查、反全球化、反贝鲁斯科尼，从未停息。

我准备好问萨拉马戈的另一个问题是，现在菲戈已退役，他是否喜欢巴萨？是否喜欢安德烈斯·伊涅斯塔？是否认为伊涅斯塔是当今世界足坛罕见的艺术家？——然而，伊涅斯塔不是边锋，更不像传统边锋那样靠速度直奔主题，他纤弱的身体和苍白的面孔像是一个中学生误打误撞走进了职业足球场——那么，萨拉马戈是否看着伊涅斯塔想起过堂吉诃德，他们都来自拉曼恰，伊涅斯塔是不是堂安德烈斯·德·拉曼恰？

采访请求久无回音。世界杯小组赛开始后的某一天，一名同事

[1] Julio César Abbadie Gismero（1930—2014），1950—60年代乌拉圭国脚，曾效力乌拉圭佩纳罗尔和意大利热那亚俱乐部。

让我帮忙搜索一条葡萄牙的新闻，突然在该国体育报纸《记录报》网站首页看到，“若泽·萨拉马戈去世”。

接下来的比赛中，葡萄牙国家队为萨拉马戈佩戴黑纱出场，在世界杯历史上开了足球向文学献礼之先河——与其说足球向文学献礼，不如说是对一个勇者致敬，向一位艺术家作别，对勇气和艺术的追求，足球和文学是相通的。

萨拉马戈曾是葡共党员，C罗和队友们踢了朝鲜7∶0。

我还是出现在了萨拉马戈家门口。在兰萨罗特，干爽的海风冲刷着匍匐在地面的白色矮房子。萨拉马戈基金会图书馆继续开门，一张书桌上堆积着来自各国政府的唁电。

图书馆工作人员说，萨翁生前每天都来图书馆，也常常在那张书桌边工作。

我在唁电中间发现一张小卡片。一个阿根廷女孩留下的，日期在萨翁生前。她说，亲爱的大师，我曾去过萨瓦托家门口，留下一张短笺表达敬意，这次一路找来这里，是为了向您致以敬意。

街对面的小别墅是萨翁的家，花园里植物繁茂。

奥斯卡正在后院擦车，家里只剩他一人，他已在萨翁家里帮工5年。和C罗、佩德罗这些出自大西洋岛屿的球员一样，奥斯卡有双深黑的眼睛。

“我不能告诉你更多了。”他总是说。

但接下来，他又告诉我很多，他说萨翁去世时很安详，没有太多痛苦；他指着院子里朝海的一株橄榄树，萨翁亲手移栽过来，并许愿未来葬在树下；他还说，萨翁平时也看西甲，所以，本菲卡、波尔图还是里斯本竞技，他支持哪个葡萄牙球队无从知晓。

这一点我倒是知道。理论上，萨翁是本菲卡球迷，他甚至是这家俱乐部的荣誉会员。但支持本菲卡更多是因为父辈遗传，他对俱乐部并无特别的狂热，甚至批评本菲卡、波尔图、里斯本竞技等俱乐部纯粹变成了商业品牌。

我发动汽车准备离开，奥斯卡突然在院子里吹了声口哨。他示意我稍等，过了一阵子，奥斯卡从别墅后门拿着一本书出来。他说，看我远道而来，这是他自作主张送给我的，要我一定给萨翁遗孀皮拉尔写信，说明曾经来过。

兰萨罗特夏夜清爽，人们聚在海边的酒吧看球。1/8 决赛，西班牙 1∶0 胜葡萄牙。简易的两层建筑，地面上是咖啡馆、爱尔兰酒吧、餐馆和商店，地下一层是房产中介和两家妓院。比利亚为西班牙进球后，人们拼命地跺脚。我担心吵着姑娘们，去一家露天冰激凌店看完剩下的比赛。

奥斯卡送我的书是一本萨拉马戈访谈录。内页有几处轻轻的划线。书的背面写着："我投身文学时，上一代人的工作已完成，我认为自己更当代。但我再看当代的作家，发现和他们也毫不接近，无以归类成派。在文学上，我永远独处。"

回意大利，需要先从兰萨罗特岛去大加那利岛，那里有一趟直飞比萨的廉价航班。

转机的间歇，我去了一个叫"男人滩"的小地方。

车停在海边，阳光很烈，浪很大，沙滩上躺着两个正在天体浴的金发女人，她们白皙的皮肤就像黑色沙滩上的污点，可能刚下飞机不久还未来得及晒黑。我不关心颜色，只惋惜她们硕大的乳房里被白白蒸干的水分——不远万里从北欧过来，人为制造一次水循环，为了美、健康、留念，还是浪费？

沿着一条以诗人洛佩·德·维加命名的街道往山坡上走，三毛与荷西的故居就在路口。

我曾以为时隔近25年，这里可能已不会留下太多关于三毛的痕迹。然而，没有改变的竟是这栋房子！

1986年三毛卖掉房子时，选择了一对出价很低的年轻夫妇。她有着令人震惊的直觉。周围的房子全部经历了翻修，一些人家盖起两层小楼，唯有这栋平房静静地躺在它们中间，格外突兀。懒散也不富有的房主仅仅砌起了更高的围墙，为了和周遭做到基本一致。

小院里的秋千仍然安在，就像黑白照片上的样子。

我可能看到了那位房主，两条毛茸茸的腿，大腹便便，在内屋门口闪现而过。但我不会敲门打搅他，因为除了敲门、问好、表明来意，我不知道还有什么别的方式可以打搅他。

左手边的院子里走出一位女士。她说她叫 Candy，很多次以邻居身份出现在三毛的书里。

然而，我只零星读过三毛的一些文字，没有通读过她的书。Candy 费了一点点力气介绍自己。

“我不能告诉你更多了。”加那利群岛上的人似乎格外热爱这句话。

Candy 不愿多说，有特别的原因。

如果我想和她说话，得先去拉斯帕尔马斯市里的金门饭店找华裔店主 Nancy，三毛生前的另一位好友，只有 Nancy 同意并亲自打电话给她，Candy 才会和我说话。

“以前来过某些个作家[1]，跟我们聊过一点点，回去以后，对三毛在这里的生活胡编乱造地写了好多东西，捏造我们的话。Nancy 看到了，我和她都很生气。所以，如果你想和我说更多，得去金门饭店找 Nancy，让她确认你是可信的人，然后她会给我打电话。”

[1] 应该是指美籍华人作家马中欣在 90 年代出版的《三毛真相》。

我没有去找Nancy，更没有用文字重构三毛荷西海岛恋的目的。只是继续和Candy聊着，她不断重复“不能告诉你更多了”，但还是告诉了我更多。

Candy说，和荷西、三毛居住此地时相比，男人滩模样已彻底改变。过去这山坡上没有那么密集的房屋，她和三毛的家之间只有一堵矮墙，两人总是隔着矮墙聊上很久。

“我可以发誓，Echo是世上最诚实的人，她绝对不会捏造什么。”Candy说。

告别Candy，沿着山坡走回海边。航班时间还早，我肚子很饿，沿着海滨步道往前走。就着海浪的节拍，我把木质步道踩出声响，手臂长的黑色大蜥蜴频繁地从黑色礁石里钻出来，岸边有些它们尚未吃完的面包块。

候机的时间，上网寻找关于“邻居Candy”的记述，读到三毛告别加那利群岛的文章《随风而去》，末尾这样写：

我将不可能带走的大批信件抱到车房去，那儿，另有十六个纸盒的信件等着人去处理。将它们全部推上车，开到海滩边最大的垃圾箱里去丢掉，垃圾箱很深，丢到最后，风吹起了几张信纸，我追了上去，想拾回它们，免得弄脏了如洗的海滩。而风吹得那么不疾不徐，我奔跑在清晨的沙地上，看那些不知写着什么事情的信纸，如同海鸥一样的越飞越远，终于在晨曦里失去了踪迹。我迎着朝阳站在大海的面前，对自己说：如果时光不能倒流，就让这一切，随风而去吧。

这段话如此亲切，就像是发自我自己的心底。我从三毛的文字里读出了西班牙语的节奏，非常肯定她在写作时脑海里流过西班牙语的字句，现在这些字句也变成西班牙语在我脑海里流出来，在夏日傍晚的海风里波动，简单的元音，简易的韵脚，干干净净的存在。

我像一个初学西班牙语的学生，对自己默念：

A：

Carta（信件），caja（盒子），playa（海滩），basura（垃圾），gaviota（海鸥），madrugada（清晨），mar（大海）……

O：

Profundo（深），rápido（疾），lejos（远），tiempo（时光），todo（一切），viento（风）……

只不过，我对通读三毛的作品仍然没有兴趣，不是因为对她缺乏尊重和欣赏，恰恰在于她太诚实，我不喜欢了解别人活过的生活。我喜欢探寻生活未曾实现的可能，畅想可能发生却从未发生的经过。《黑白梦华录》的英文名是 *Reverie about Football or Nothing*。曾有读者问，nothing 是什么？为什么不是足球，就是 nothing？

我可以在这里公布答案。

书的英文名也可以写成 Reverie about Foot-All or Nothing。

足球是一切，是 all，而 nothing 就是海。海提供可能、推动畅想，它的力量不是记忆，而是久远的遗忘，是 nothing 的力量。

加那利群岛是几个火山岛的聚落，黑色的岩石和沙子就像刚刚才被烧焦，即使没有暗红色的岩浆流过，西非的太阳也足以把人烤焦。此地到处是死亡的平静和宿命的美景，完美的 nothing。

相对于这 nothing，各种“远道而来”和“偶然发生”都是 something：

一对赤裸的北欧女人乳房是 something，一次史前海啸是 something，荷西潜水死、雪莱海难死是 something，荷西葬在拉帕尔玛岛是 something，拜伦和友人在意大利维亚莱乔海滩上为雪莱举行火葬是 something，摔碎在礁石上的酒瓶也是 something。

所有的 something 结局一致，一致成为摔碎在礁石上的酒瓶，在海浪的摇滚节拍里滚成玻璃渣，最后玻璃渣也成为细沙，化为 nothing。

22 岁时，我终于看到了海。在韩国釜山第一次走进沙滩，在济州岛第一次站到浪涛拍打的礁石上。

那也是个火山岛，面对着盼望已久的蔚蓝，我没有感慨，没有自怜，只想到遗忘，遗忘就是我追寻的可能，忘记来路，忘记过往，忘记现在，忘记未来，忘记自己姓甚名谁，忘记日常生活，忘记灵魂和死亡。

三毛是亲切也可敬的。让我提不起兴趣的，是那些挖空心思去体验生活搜集“素材”的作者。在我这个干货看来，海是唯一值得书写的素材，从什么样的生活里可以体验到大海一样凌乱的整体、细碎的宏大、单调的丰富、欢快的愤怒、起源的终点、已知的未知、静止的流动？

那些生来就不是干货的足球少年，成长在令人羡慕的湿漉漉中，如果他们知道我这个干货如此迷恋大海，是否会觉得少见多怪？

最近我读到那不勒斯中场球员若日尼奥的一段话。他出生在巴西南方的圣卡塔琳娜州，因为是意大利后裔，少年时就来了意大利，并选择为意大利国家队踢球。

若日尼奥这样讲述自己和海：

我在海滩上学会踢球，一边踢，一边听着鲸鱼的呼吸和大洋的声音。母亲习惯陪我去海滩上练球，在我家附近，海水比别处温暖，鲸鱼喜欢来这里繁殖。

因比图巴的海滩是个神奇的地方，尤其对于孩童来说。

我是个瞌睡虫，但皮球和海洋的声音催我起床。

15岁时，我离开巴西，进入意大利维罗纳俱乐部青训营。在那个年龄，幸好人的意识尚不清晰，梦想战胜了恐惧。

但恋家的感觉从未消失，哪怕我已在意大利住了几乎一辈子，只要有时间我就会回去，去呼吸那给我很多动力和能量的空气。

我呼吸过因比图巴附近的空气。

2014年世界杯期间，我独自一人驾车去巴西南方，从圣保罗到阿莱格雷港。

半途上，我选择停留在一个名叫弗洛里亚诺波利斯的城市，巴西圣卡塔琳娜州的首府。整个城市建在一个海岛上。我喜欢这里，就像喜欢圣卡塔琳娜州的另一个城市若因维利。这里既有一种名叫巴西的活力和节奏，又没有里约的混乱和圣保罗的脏兮兮。

然而，当晚我停留的主城区位于海岛内侧，大海就是一道狭窄的海峡，滨海大道上只能看到跨海大桥和大陆上的城市。略有失望，作为干货，我的梦想是看到无边无际的大洋。

回程再度经过这里，找了一家位于海岛外侧的旅馆。然而，进岛以后，开了足足45分钟才到达目的地。原来，弗洛里亚诺波利斯所在的圣卡塔琳娜岛面积不小，超过400平方公里。

海滨小镇依赖的是夏日经济，每年圣诞－新年假期，百万游客从阿根廷、乌拉圭来到这里。6月的南半球冬天，这里格外荒凉，一些餐馆和商店直接用铁链锁上大门。

天黑很早，天明很晚。第二天上午，阴沉的天空飘着零星小雨，我带着些许莫名的恐惧走向海滩。

然而，迎接我的是热闹和喧嚣。海在笑，鸭子一样大的海鸥站在水边整理羽毛，海里冒出的山丘像刚出炉的面包。

有人在海边慢跑，踩着海浪刚刚拍紧的沙滩边线，每一步都像在测试沙子里的水分；有人走在上班的路上，腋下夹着公文包；有个人提着一个塑料袋，独自朝大洋站着，直到我离开，他仍旧一动不动。

几年后，我终于明白，他在等待鲸鱼吐出大海。

第三章　产房笔记

我在泉边渴死。

——维庸（法国）

2017年4月9日

意大利公立医院建议，产妇每10分钟内阵痛2到3次并持续2小时以后再去医院。

我们在午夜前抵达，医生检查后说还要等很久，但同意玮入院。

病房里，阵痛复又变得不规律。

凌晨3点，玮让我回家。

*

汽车压平光束下翻卷的夜浪，碾过无法停止的怪想。

产前辅导班上，老师问有过生产经历的夫妻：男人在女人生产时是什么感受？

“感觉自己就像一坨屎。”

哄笑过去，发言者解释：“就是说，看着她的痛苦，你什么也帮不了，那种彻底的无力感。”

*

医院在郊区。佛罗伦萨的郊区，是夜里 15 分钟车程。

打开家门，两条狗摇晃着尾巴。Oliver 照例叼来一只拖鞋，Momo 站起来用前爪狠狠磕我胸口，询问女主人的情况。

狭窄的门道里浓烈的狗味。我们离家后，它们一直睡在大门背后。

之后几天，它们继续睡在那里。

狗的陪伴对孕妇是珍贵的。它们以自己的方式为痛苦、焦虑和担忧的人提供安慰。

4 月 10 日

白天，阵痛缓慢地发生。

爱人在医院待产，我在医院附近的小镇闲逛。

我在闲逛中寻找餐馆，找不到餐馆继续闲逛。

周一是很多意大利餐馆固定的休息日。

以为前方会有转盘掉头，乡路却越开越窄。山洼深处，托斯卡纳的春天像绿色的漩涡卷吸着我。

是动人的春色还是掉头的愿望让我慢得像只蜗牛？身后不耐烦的车龙越来越长，弯道处我从后视镜看到龙在摆尾。

经过一个工厂大门，终于有空地靠右停下，看着车龙一泻而过，释放感就像对着春天屙空了衷肠。

饥饿和释放中，继续感觉自己像坨屎。

*

在当地人指引下，终于找到了小镇上唯一周一中午营业的小餐馆，坐进后院的树荫。

另一个角落，两个意大利女人正和一个法国男人说话。法语。

声音如此清晰。清晰到我想扑上去纠正他们坚持不懈的语病。

听力是相对的。

当我和玮坐在餐厅里，邻桌的对话会一字一句灌进她的耳朵里。而我，什么也听不见。

我一个人坐下来，耳朵像装了天线。

胖胖的厨师从厨房窗口探出头，“你到底是乌克兰人还是中国人？”

5 年前在基辅买的黄色夹克背后印着“УКРАЇНА”（乌克兰）。意大利人普遍不明其意。

厨师是摩尔多瓦人。

“在摩尔多瓦，你们说什么语言？”为了让对话继续，我提问。

“我们？罗马尼亚语、俄语、乌克兰语、保加利亚语、土耳其语，你想和我说哪一种？”

我感觉被一股妖风吹翻在地，持续打滚起不了身。

*

并不总是有人可以在同时流利地说多门语言这件事情上挑战我，而且是以如此不屑的态度。

我在长时间里确信地认为，即使在瑞士这样的多语国，当地人要赢我也不会太容易。

2008 年奥运会，我碰巧总是和奥组委请来的外国专家翻译团同车。

他们都是起码能四五种语言互译的职业高翻。在专车上，人们不停地转换语言，其实都是彼此试探功力。

我的弱项是德语、俄语这两个大语种不会说，强项是我会说的都说得比较好。而且我会说葡萄牙语，他们都不会。

如果我们各自是一支球队，按轮次彼此过招，我一定不会是联赛积分榜上的最后一名。

*

这一次，摩尔多瓦厨工轻易就让我人仰马翻了，开场 15 分钟 0 : 3 落后，还过什么招啊？

语言是一种游戏，想玩就得爬起来应战。我搜寻那个地区存在（过）但他不一定会说的语言。

“意第绪语。”

“那你不是中国人，你是犹太人！”他无奈地甩甩手。

我不会意第绪语，顶多只能读懂部分拉丁字母转写的文本。

游戏令人放松，我像松散剂作用下的一坨屎。

*

曾有一个摩尔多瓦女人告诉玮：

“你怀了孕就得多爬楼梯。我们那边孕妇没事儿就去爬楼梯。”

“想做爱就做爱。我怀孕的时候一样去当矿工。”

“我 4 个小孩里面前 3 个都是 8 个月就出来了，全部长得高高大大。”

“最后一个是足月的，就生她生得最困难。”

*

公立医院一切免费，唯一不方便是没有热水。

回家烧热水，喂狗，遛狗。Oliver 有不想吃东西的迹象，我给它和 Momo 买了新鲜羊杂。

炖羊杂的间隙，把前一天下午发给出版社编辑的译后记再检查了一遍。

阅读和旅行中的奇遇让我和玮成了 20 世纪早期匈牙利文学的

爱好者，自学匈牙利语，3 年前开始从事翻译，作家出版社同意出版我们的两本译作：科斯托拉尼[1]的《夜神科尔内尔》，瑟尔伯[2]的《月光下的旅人》。

经典文学作品是一种奇迹。文学翻译是尝试贴近奇迹、再现奇迹。去年春夏之交，完成《夜神科尔内尔》第三次修订以后，玮说感觉可以比较安心地做母亲了。

此前，我们一直不确信是否或何时想要小孩。

秋天，有孕在身的玮放慢了速度，《夜神科尔内尔》改由我完成最后修订，拖到今年年初。

拖延最甚是译后记。我憎恶冗长详尽的导读和后记。一部经典的文学作品，作者想说却没说的话一定成百上千倍于作品，把解读和想象的空间留给读者——译者为何不为自己纯属多余的喋喋不休感到羞耻？

译者只在翻译过程中存在。

译作完成，他是一个读者。

玮去医院前几个小时，我写完了译后记。

我没有写译后记。只写了和匈牙利文学结缘的过程。

---

[1] Kosztolányi Dezső（1885—1936），科斯托拉尼·德若，匈牙利诗人、作家、多语种翻译者、记者。他的作品对整个匈牙利文学以及昆德拉、契斯等中欧作家产生过重要影响。《夜神科尔内尔》是他的代表作，中文版 2018 年 1 月已面世。

[2] Szerb Antal（1885—1936），瑟尔伯·昂托，匈牙利学者、作家，其作品《月光下的旅人》是一本在匈牙利家喻户晓的小说。中文版 2018 年 1 月已面世。

*

18 点，玮在电话里说，有规律的频繁阵痛已持续快两个小时。

我随下班高峰期的车流缓慢蠕动，像一坨便秘状态的屎。

22 点，产检。助产士爱莱娜说，开了两指。所以，正式开始了。

22 点 30 分，玮感到疼痛难以忍受，问能否打无痛针。

“不，我亲爱的玮，那样会把分娩拖太久。”

爱莱娜是个约莫 50 岁的女人，无论答案肯定还是否定，她脸上的两坨嘟嘟肉肯定会和蔼地微笑。

23 点，助产士费德丽卡来了病房，把玮接去产房区。

4 月 11 日

辅导班老师琴齐娅建议男伴尽可能去产房陪伴女人生产，又对各种可能性进行了描述，核心内容：不要在女人的痛苦面前表现出任何一种焦急，更不能对医护人员构成干扰。

我一字一句地照做。

产房区里，号叫声此起彼伏。隔壁一个男人大声地对女人说着话。

女人则不停地呼叫助产士，“劳拉！劳拉！”

劳拉和费德丽卡一样，待一会儿就离开。玮疼痛到极致的时候，我也去叫过几次费德丽卡。

“（疼痛）会过去的，玮，我们正在接近小妹的出生。”助产士的声音是产房里的第一剂麻药。

所有见过玮的助产士都询问是否为女儿起好名字。

考虑过几个备选，最终答案需要等待。

*

产房里，我能做的事情无外乎以下两件：递水，轻声重复费德丽卡的话。

玮曾说过，如果产房允许带狗，或许 Momo 能给她提供一点安慰。我想从一坨屎变成一条狗。

即使能变成狗，我无法变成 Momo，世上只有一条 Momo，爱狗的人都会明白。

我是一种叫男人的动物，正在陪伴和观察一种叫女人的动物。

突然间确信，女人比男人更能体会何谓孤独。

这念头让我颤抖。

*

原本想好进了产房不再看手机，还是忍不住。

意外地发现一封电子邮件。发件人名叫勒恩·瑞克斯。

75 岁的勒恩·瑞克斯是《月光下的旅人》英文版译者，诗人，退休语文老师，上世纪 90 年代从津巴布韦移居英国剑桥。匈牙利语独特的音韵让瑞克斯对这门“欧洲最难的语言”产生了兴趣。

自学语言过程中，匈牙利友人塞给他一本《月光下的旅人》，

"你一定得读，我们学生时代都读过，所有受过教育的匈牙利人都知道和热爱这本书。"

勒恩·瑞克斯爱上了这本以意大利为主题的小说，决定翻译它。从着手翻译到最终出版，勒恩·瑞克斯花了整整 10 年时间，让一本中欧小说在英国市场取得前所未有的成功。

我认识勒恩·瑞克斯的一位堂弟，但在翻译过程中我没有和他联系，译者都不喜欢带着他人的意见去工作。直到完稿，我才通过堂弟去信询问勒恩·瑞克斯对原作者瑟尔伯在书中几处笔误的看法。

勒恩·瑞克斯说，很高兴和我交流，他确实发现了个别笔误，处理办法是假想和作者达成了"绅士协议"——例如，原文"城墙内"是错的，正确应该是"城墙外"，但他没有纠错改写为"城墙外"，而是按照"绅士协议"写成"城墙的一侧"。

玮的又一次剧烈阵痛里，我想，婴儿此刻是在玮的子宫里，不在子宫外，总之，婴儿就在"子宫的一侧"。

无聊且绅士的想法让我强烈地自责。又想起《月光下的旅人》里的一段话：

在生活面临可怕和崇高的命题时，友善又无聊的事情不请自来；当生活浸没在一堆友善又无聊的事情里，可怕和崇高的命题又闯进脑海。生活没有风格形式，或者它本就是一种混合的样式。

我感觉自己像坨屎，而且是混合的样式。

我仅仅不再是 9 个月前那颗精子。

*

凌晨 1 点，疼痛越来越激烈。又一次产检后，费德丽卡说，医生认为可以打无痛针了。

“不是说会拖延分娩时间吗？”玮惊讶地问。

“不。”

打针以后，费德丽卡建议玮睡一觉，“休息好，一会儿需要用力。”

*

床很大，费德丽卡说我可以睡在旁边。

躺在玮身边，我仿佛觉得自己多了一点用处。

很快又醒了。

之前一天夜里，病房里没有陪护床位，回家躺到床上，我每 6 到 7 分钟醒一次，和离开医院前她的阵痛节奏吻合。直到上午 6 点平时的闹铃响才中断阵醒，又沉沉睡着两个小时。

*

玮在麻药作用下睡得很沉，我在产房床上继续翻看手机。

中国已是上午。恰逢 4 月中旬到来，朋友圈里，20 年前死去的王小波起床了。

“脸书”上有一条未读信息，来自阿尔卑斯山中小城贝鲁诺的萨尔托里女士。

为什么在玮生产的夜晚，文学的信息接踵而至？

《夜神科尔内尔》完稿时，我偶然在网上看到一份 2014 年关于本书意大利语版的讲座海报，主持人是萨尔托里女士，副标题里写"影响了昆德拉的书"。

可是，我查不到《夜神科尔内尔》或其作者科斯托拉尼如何影响过昆德拉的文献资料。于是去信问询。

萨尔托里女士说，这句话来自译者佛莱斯托教授，她愿帮我把问题转过去。

*

隔壁产房的女人一直在惨叫、号叫、呼叫。她的男伴偶尔会提高嗓门。

3 点，或 3 点半，玮醒过来。4 点，产检。费德丽卡说，差不多了。

费德丽卡再没有离开过。

产妇和助产士，一个女人和另一个女人。

一次又一次准备、冲刺……无功而返，从头再来。

无法回忆或描述更多细节。

我也在一次次无功而返，在辅导班老师强调的"不干涉主义"里旁观，站着，坐着，坐着，站着，疲惫里亢奋，恍惚中清醒。

*

突然发现意大利语真好听！

一门语言熟悉近乎母语时，日常生活的重复用语就已彻底杀死初学时的惊艳。

它复活了。

我记起等候区过道上一位母亲写给各位产妇的话：

站稳现在

听从你的身体

别去思考未来

产房里的一切声音都是诗歌！

费德丽卡在说，她在说，语气坚定又平和地说：

来了！来了！就要来了！

瞧！孩子们在出生！孩子们将要出生！（其他产房传来婴儿啼哭声）

看似遥远，已在眼前！

用力，不要断断续续/长吸一口气/用力，推她出来/持续地用力。

我从未像此刻一样确信，自己正无比接近诗歌。

15 岁时，我写过一堆没有收件人的情诗，之后再没写过诗。我不明白什么是诗，写得越多，越感觉人类语言有其神秘的内在音韵，与我距离遥远，像生儿育女一样遥远……

*

天亮了。我在产房区的恒温里看着窗外苍白的冷。

费德丽卡让我站到旁边帘子处。“你站床前可能会让她紧张。”

我决定离开产房。

为什么费德丽卡不早说我的存在可能让玮紧张？

在诗歌的夜晚，在诗歌的清晨，“为什么”就是“因为”，就是“所以”，就是“不为什么”。

我明白她的每个句子。或者，不是明白，是共鸣。她在尝试各种可能。

生命是可能，死亡是必然，有趣是可能，无聊是必然。

我在泉边渴死，是可能反抗必然。

维庸在同一首诗里写：

世间万物于我，

唯不确定性亲及心窝。

助产士的语言是对不确定性的确定，没有正确或错误，像诗人一样，她们的语言只有态度。关于无痛针，爱莱娜的否定和费德丽卡的肯定都成立，否定和肯定无关诗意，态度决定命题。

时不时，我走回产房去探视。玮越来越疲乏，费德丽卡的语气没有变化。

偶尔，费德丽卡的个别同事也来探望。

偶尔，我走错产房——我怀疑手术台上准备剖腹产的女人是玮，盯着她的脸。

她裸露着身体。

她和医生说，“不，不，隔壁。”

我在泉边渴死。

*

产房区墙壁上贴满不同肤色的母亲和孩子的照片。

医护人员里有外国人。不同肤色的人来同一个医院，生产出不同肤色的人。

生育的关头，人们都成了国际主义者。

死亡其实也无国界，只是名义不同，因为病，因为祸，因为水，因为火，因为族，因为国。

掏出手机，删除掉一大堆朋友和联系人。

我有愧于他们。

我忍受过他们的狭隘思维、无视他们传播仇恨情绪，我对他们的友谊是虚情假意。

所以，当女儿出生的消息终于到来，我不要他们回报真心的祝福。

*

已经 7 点半，玮越来越疲惫。

她问过费德丽卡，能否剖腹产。费德丽卡一如既往地平静，“不，玮，这里做不了剖腹产。”

我关注着胎儿实时心跳数据，一切正常。但接下来应该怎么办？

来了两三位助产士。她们和费德丽卡把玮搀扶去了隔壁另一个房间，无影灯下，玮上了手术台一样的床。

走廊上没有脚步声，没有口令和呼唤，屋里一瞬间钻出十几个人。意大利人在生活里处处展示意大利足球的神秘，看似凌乱无序的外表下存在超然的默契。

屋里只有玮的疼痛，只有搬运和拆开医学器械的声音。

一共听到两句话：

"儿科医生到位。"

"给我一个猕猴桃。"

"猕猴桃"是分娩真空吸引器。

又是沉默，又是屏住呼吸，我却在此刻听出了音乐，像一首进行曲，节奏欢快刺激到就像心脏放进了洗衣机里，在玮的又一次剧烈阵痛中，女儿降生了！一个期待已久的音符。

滚落的泪珠里，诗歌离我远去。

*

一位助产士要给新生儿准备手环，再问玮，"她叫什么名字？"

"不知道……或许，Beatrice（贝阿特丽丝）。"

是的，就是 Beatrice！她出生在诗歌之夜，出生在但丁之城，还有什么比贝阿特丽丝更好的名字？

小贝阿，小贝阿，我竟然就是你爸爸？

4 月 12 日

护士半夜来巡视过好几次，帮助母婴第一时间学会正确的哺乳姿势。

我在走廊里见到了那位剖腹产母亲的老公。他说已经 48 小时没有合眼。

*

下午 3 点才去小镇餐厅吃午饭，老板说，厨师已经下班了，但可以给新爸爸一些剩菜。

剩菜，是一整盘烤牛肉，小山状的一堆芦笋，一瓶水，一杯咖啡。

13 欧元。

或许是优惠，或许是款待。

*

佛莱斯托教授来了信。她是意大利和匈牙利混血。

关于《夜神科尔内尔》对米兰·昆德拉的影响，确实没有文献佐证。这条信息来自米兰·昆德拉作品的意大利译者里藏特。

里藏特 90 年代为法国《小说作坊》季刊效力，亲耳听米兰·昆德拉讲，20 世纪中欧小说建立在科斯托拉尼作品之上。也是这个原因，里藏特把科的代表作《夜神科尔内尔》推荐给意大利出版社，佛莱斯托教授成为译者。

*

男人总是把快速和守时视作美德。也总是忘记，迟到才是销魂和性感的可能。

我错误地选择了美德，第一时间告诉玮上述信息。

她礼貌又虚弱地点了头，把脸侧到一边。

月子里的米兰·昆德拉，不可承受的沉重，不可承受的复杂。

4月25日

两条狗见到小贝阿就往地上躺，亮出肚皮。

玮在床头放了一本匈牙利语字典。她说，做一些脑力活动，有助于避免产后抑郁。

晚餐时，她甚至和我说起科斯托拉尼早期的一篇文章。

在科斯托拉尼看来，文学本身是荒谬的，他想起10岁时在家乡大平原上看到日升日落时的感觉，那是无法描述的，后来成为作家的他，每天面对的不是日升日落，而是纸笔和墨水，苦苦寻觅词汇来实现描述的可能。

是的，文学是荒谬的，和足球一样，都是游戏。

除了游戏，还有什么值得乐此不疲？

我憎恶那些书评人、专栏作家，每逢文学翻译者自杀就侃侃而谈翻译费太低和抑郁症之间的关系。他们理性的庸俗更般配痔疮和脚气，而不是抑郁。

“我的精神家园，”王小波是否还需要说得更明白?

多数时间里，文学游戏，包括文学翻译的游戏，是避难所，是治愈而非抑郁。

*

腾讯·大家有一位名叫尼德罗的作者，我喜欢他写的男性育儿专栏。

又读到他的一篇文章:《找个会育儿的男人当老公? 风险很大!》。

文中写道:

小家庭和大家庭的区别在于，小家庭容易形成“以夫妻为核心”的家庭关系。因为家庭内部成员少，彼此之间的关系连线就少。举个例子，三口之家成员之间的连线为 3 条，四口之家为 6 条，六口之家则为 15 条。关系连线越多，处理家庭关系的精力耗费就越大。

狗也会增加关系连线。我们家的连线是 10 条。

凌晨 4 点，我对哭闹中的小贝阿略略提高了声调。一双冰冷的爪子划过我的脊背。

回头看，Momo 躲在桌子底下。

有一次玮俯身去看摇篮里的小贝阿，弯腰速度过快了一些，

Momo 突然窜出来对她猛吼。

亲情关系时常暗藏着恣意的权力。Momo 在提醒人类不要滥用权力。狗狗面前，人人平等。

*

勒恩·瑞克斯再次来信，赞同我引用的瑟尔伯句子：生命是一连串奇迹般的巧合。

勒恩·瑞克斯说，他的第一个小孩出生也经历了类似艰难的一夜，“像一株野草冲破砖石铺就的地面，让我强烈地感觉生命是一种奇迹，它就是！”

*

还有一个奇迹的巧合。

去年 8 月我和玮原本打算去翁布里亚旅行，探访亚平宁山脉深处的古城诺尔恰、古比奥，《月光下的旅人》里仅剩的两个我们尚未亲身造访的地点。

玮刚好进入孕吐反应强烈的时期。临时取消了旅行。

几天后，诺尔恰附近发生了地震。

阵痛，阵痛！

大地母亲在阵痛！

谁人亦曾，

为她掐过间隔的时钟？

第四章　卵击诺奖

现实并不是简单地摆在那里，它需要被找到，被战胜。

——保罗·策兰（罗马尼亚）

门外站着一个面容清秀的学生。他等了很久。

我不是有意晾他。他摁响门铃时，我刚洗完澡，光着身子。

对讲机、浴室、衣柜三者距离不近，来回折腾，找好衣服穿上，在初春上午的寒湿空气作用下，我裸露的蛋囊发生了通货紧缩现象。

但这不是文学要领，也不是文学现象，门口的学生已经在听筒里说过，他敲门仅仅是想做一份居民读书调查。

“您最近两个月里读过几本书？”

“1本，没有读完。”

“书名是？”

“《色情》[1]。”

“关于什么？”

“色情。”

学生愣了一愣，继续提问，也认真地记录。他的问卷调查表上，没有“色情”栏目，只能一笔一划地在“其他”里填写：色情。

“您最近一年读过的最有趣的书是哪一本？”

“《色情》。”

“除了色情，您的其他阅读兴趣点包括哪些？”

“我不读其他，只读当下。当下就是色情，剩下的一切都是无聊。”

“您阅读的目的是什么：增长知识，开阔视野，消磨时光……”

“为我的球队寻找队友。”

“劳驾，我没听懂……”

“为我的球队寻找队友。”

“怎么找？从色情书里？”

“是的。”

学生脸上那层混合着谦和、腼腆、青涩、不解与诧异的面膜在迅速消融，嘴角露出一丝稍纵即逝的笑意。他该是确信自己遇到了一个亚洲来的色情狂和疯子，就此结束调查，去敲下一家的门。

---

[1] Pornografia，贡布罗维奇著，人民文学出版社出版，中文译名为《色》，pornografia 一词意思更接近“色情”。1960 年小说出版后，这个耸人听闻的标题吸引了不少寻找庸俗内容的读者，实际内文和色情并无多大关系。

我说的都是真话。如果这位清秀的男孩认为我是在作弄或者调戏他，他一定还没有读过那位名叫贡布罗维奇的波兰作家。

然而，读过谁或没有读过谁，不是问题所在。我只是不爱解释自己，现代人无论真实还是虚假地表示好意，都会急着去介绍和解释着什么，希望立即为对方送上关于自己的简易使用手册。

这位热爱读书的男孩为我送上一份关于他的使用手册。我需要做的是按照问卷顺序答题，这是正确使用；如果我提供的是和邻居不一样但又能在问卷上找到对应选项的答案，简直是一用就上手。作为奖励，我将得到一个恭敬又礼貌的“Grazie mille，buona giornata！[1]”。

但我不需要一大早就被人感谢，也不需要别人预言这一天我可以过得很好，因为对话者并不真的在意我在这一天剩余的时间里比较好还是比较糟，我的狗很在意我过得是不是比较好，每次看到我的疲态或不快，它们都会试图来安慰我，想让我赶紧好，但它们只在意此刻，不在意今天，如果我立即好了，它们就一切都好，不会祝福我过好今天接下来的时间。

其实我也在问卷着这个学生，就像一条狗去闻另一条狗的屁股，

[1] 意大利语“万分感谢，祝你过好今天！”

双方不需要说话，问答即已完成。

我的问题围绕足球展开，用足球问卷人类，是我多年养成的习惯——你是否踢过球？是否认真踢过？是否接受过系统的体育训练？是否爱球入骨？你怎么看待失败？

按照我的问卷，他的答案会是如下：

他从小就不爱动，在妈妈和外婆的宠爱里长大，吃过很多奶糖、巧克力和冰激凌，喜爱和小女生分享同一罐薯片，回家立即打开电视机看动画片。学校里发育势头最猛的小姐姐有点让他怕怕的，他更偏爱憧憬自己亲吻到长势没那么猛的小女孩。在踢球的男生面前，他感到某种雄性的自卑，但想躲开他们又躲不掉，只能在内心里骂他们野蛮。他在球场边和女生们站成一排呐喊鼓掌，她们盯着场上的球员，他从侧面把她们看成雕像，她们的呼吸，她们的臀线，她们的胸脯，有时候他从虚假的呐喊和真实的偷窥里发现还存在一个与苍白面孔迥异的自己，但一回头，他又没有了认识那个自己的勇气。

问卷的结论是：他必定无法理解，我正在备战一场无声无息却惊天动地的比赛。

出生在巴西的意大利体育记者达尔文·帕斯托林[1]曾在《阳光

[1] Darwin Pastorin，1955 年出生在巴西圣保罗，意大利移民后代，曾为意大利《新闻报》《团结报》等（中）左翼报刊撰写社论，也曾出任天空电视台体育频道主编。《阳光大道——赤脚走南美》是他的短篇小说集。

大道》一书中描绘过一场自己梦想的比赛：比赛场地在阿根廷的巴塔哥尼亚荒原，参赛者有他，有马拉多纳、切·格瓦拉、博尔赫斯、加西亚·马尔克斯，还有作家里球技最出色的阿根廷人奥斯瓦尔多·索里亚诺……一场南美文学、革命和足球的混编大战！

读到此书大约是10年前。10年后，我突然心血来潮，决定也要组织一场大战，只有足球和文学，与革命无关。

刺激我战意汹涌的是2014年中国诺奖作家莫言在巴西世界杯期间的一番话。受某门户网站邀请，莫言前往里约观看世界杯决赛，赛前得到超级腐败的原国际足联秘书长瓦尔克[1]亲切接见。

莫言说："足球展现的是人与人之间、集体与集体之间的智慧对抗。人性中好斗的一面在球场中得到了释放。足球运动员在球场上展现了人类的极限。"

那年我35岁，刚出版《黑白梦华录》，也刚开始尝试翻译文学作品，正在考虑是否挂靴退役，从此过上前球员的生活，把奔跑和实践留给后辈，把自己完整地交给理论和文学。

莫大叔的话来得及时，我不退役，也不准备投身文学，我还有一场重要的比赛要踢，我们的球队要赢，我还要力争用优异的表现赢得奖给最佳球员的"金卵奖"。

---

[1] Jérôme Valcke（1960— ），法国人，电视记者出身，2007年被布拉特任命为国际足联秘书长，2015年因国际足联腐败窝案被解职。

在本书第一章，我已带球晃过勃朗宁夫人，晃过诺奖作家雷蒙特和蒙塔莱，那些只是日常备战练习，4 年来，我一直在备战。我们将面对的对手名叫人性俱乐部，阵容里明星璀璨，包括马尔克斯、卡夫卡、博尔赫斯、略萨、鲁尔福、波拉尼奥、莫言、余华……

比赛双方都可以吸收 3 名职业球员加盟，但不能是贝利、马拉多纳、克鲁伊夫、罗纳尔多、梅西这个级别的天皇巨星。球迷们总是为谁是史上最佳吵个不休，这些人加入进来，赛前就会乱套。

人性俱乐部邀请的球星都是比较会写字的人，包括曾多年担任体育记者的意大利传奇球星梅阿查[1]，曾经发表过小说的 1986 年世界杯冠军阿根廷队前锋巴尔达诺，长期为《圣保罗页报》撰写精彩专栏的 1970 年世界杯冠军巴西队天才中场托斯唐。

他们的主帅是阿根廷“疯子”贝尔萨。贝尔萨出生在书香门第，爱球，爱电影，爱文学，有一次意大利《晚邮报》记者想采访他，贝尔萨回答：“谈足球，不行。谈文学，可以。意大利文学不错，切萨雷·帕维塞[2]我挺喜欢。”

若是单论身价，我的球队肯定无法和对手相提并论。对手是银

---

[1] Giuseppe Meazza（1910—1979），意大利国家队史上最伟大的球员，1934 年、1938 年两届世界杯冠军，曾效力于国际米兰和 AC 米兰。两支球队共享的圣西罗球场于 1980 年被正式命名为朱塞佩·梅阿查球场，以示纪念。

[2] Cesare Pavese（1908—1950），20 世纪意大利杰出的诗人、作家、翻译家、文艺评论家。

河战舰，球员包括诺奖得主、一代宗师，或者是作品至少每年可卖出百万册的成功人士。

我的队友是以下3类作家：

具有世界影响力但作品译成中文极少的作家，例如匈牙利作家艾斯特哈兹·彼得，智利诗人尼卡诺尔·帕拉；

有多部作品译成中文但影响力仅限小范围的作家，如贡布罗维奇和塞普尔维达；

世界影响力有限、没有或少有被译成中文的作家，例如索里亚诺、贾尔迪内利、丰塔纳洛萨[1]。他们是我的关系户，也是最亲密的队友。

以上都是我带着无比苛刻的态度精挑细选出来的队友，我熟知他们的优点，更清楚他们的缺点。

学生摁响门铃时，我正在研读贡布罗维奇的小说《色情》，实际我更爱他的另一本《横渡大西洋》，这个波兰人近乎摇滚朋克的写作风格很适合足球，适合做我队友，适合上半时表现卓绝下半时形同梦游。

这不是讽刺，一个能够总是踢好上半时的球员，无论下半时表现如何，他都是个好球员。遭遇战里，双方往往会超级谨慎缩手缩脚、在反复试探中虚度时光，能够一上来就拿出三板斧、劈头盖脸

[1] Alfredo Roberto Fontanarrosa（1944—2007），阿根廷作家，以足球题材小说著名。

虚张声势的球员，最能起到带动队友的作用。

这种套路在足球新闻报道中更为多见，标题党、小题大做、吹牛拍马不仅是家常便饭，而且是必要的生存手段，并由此实现足球叙事的完美戏剧效果。

例如某俱乐部高价签下一位不太知名的年轻球员，他的属性将走过以下轨迹：

初期：妖人、潜力股、神锋、接班人、未来旗帜

中期：水土不服、状态低迷、冷板凳、看饮水机

后期：水货、桶料、废物、包袱

后续：转会、跳槽、变废为宝、突然爆发、（证明之前那家俱乐部是个）球星黑洞

就像巴塞罗那诺坎普看台上的标语“不仅是一个俱乐部”，两支球队也有自己的口号。莫言领军的人性俱乐部口号是“好斗与极限”，我的俱乐部口号则是“卵和技巧”。

我忘了公布本队名称？就叫“卵蛋俱乐部”。这个名称不涉及马德兴和蛋民，它来自第一个加盟本队的职业球员——西班牙人华金[1]。

[1] Joaquin Sanchez，出生于1981年，西班牙皇家贝蒂斯俱乐部偶像球星，2002年世界杯西班牙主力，在西班牙对韩国的比赛中遭遇问题主裁，他两次助攻被无端吹掉，最后的点球大战华金射失，西班牙落败饮恨。

无论是在皇家贝蒂斯还是卵蛋俱乐部，华金都是本队最犀利的进攻手、踢法最具观赏性的边锋。他奠定了卵蛋俱乐部的基调。

我们的对手莫言认为："人性中好斗的一面在球场中得到了释放。足球运动员在球场上展现了人类的极限。"

华金则代表本队指出，足球和文学创作一样，不仅仅是好斗，也不仅仅是冲击极限，它更考验的是临场发挥里的"卵和技巧"。

这个理论并不诞生于一次深思熟虑的伟大构想，而是华金的一次即兴发挥。2011年，华金受邀参加西班牙电视脱口秀"最长一周"，性学家、女作家瓦勒丽·塔索现场提问，"你认为演色情片和踢足球的区别是什么？"

华金回答的不是区别，而是一致之处："用我们安达卢西亚土话说，这两件事情，都需要有卵，也需要有技巧。"

这不正是文学创作和踢球的共通之处？一个缺少天赋只知道打鸡血喊口号的鼠辈可以写出好作品？踢球是有勇有谋，有卵有技，不仅仅是释放好斗的人性，更不是寻找极限，而是在智慧和勇气的迸发瞬间寻找改造现实的可能，现实才是人性的极限。

加盟卵蛋俱乐部的第二个职业球员当然是荷兰人古力特。我同意他加盟本队，是想嘉奖他护卵的意志和决心。

萨基缔造了90年代末AC米兰的辉煌时代，根据他的回忆，有一次，球队面临一系列重要比赛，希望球员们在场外尽量自律。于是，教练组让队医来给球队做工作。

队医说：“我已经50多岁了，仍然保持着活跃的性行为。你们现在才20多岁，以后有的是时间做这件事情。接下来的赛程很密集，对体能考验很大，因此，我建议大家自行禁欲一段时间，集中精力打好比赛……”

这时候，个子很高的古力特在后排举了手。

萨基说，他知道古力特肯定会有话要说，大家也都猜想得到，面对这样要求，“辫帅”必定会说点什么。所以，悬疑仅仅在于，他要怎么说？

队医示意，让古力特发表看法。

荷兰人慢吞吞地站起来，“可是，大夫，两个蛋蛋又鼓又胀，我跑不动啊。”

莫言曾说：“在日常生活中，我可以是孙子，是懦夫，是可怜虫，但在写小说时，我是贼胆包天、色胆包天、狗胆包天。”

在日常生活和创造性劳动中展现出截然不同的人格，却是足球所反对的。令人喜爱的球星总是表里合一、内外一致。因此，为了体现卵蛋俱乐部和人性俱乐部的巨大差异，第三个加盟卵蛋俱乐部的职业球员，必须是一个在球场内外、在日常生活中总是胆大包天的家伙。

找到这样一个人并不难，巴西人雷纳托[1]、法国人坎通纳、瑞典人伊布拉希莫维奇都符合条件，但我需要一个实实在在和卵蛋有关的球员。经过一番努力，在南美同行帮助下，我找到了——阿根廷人塔兰蒂尼。

1955年，阿尔贝托·塔兰蒂尼出生在首都机场所在的布宜诺斯艾利斯郊县埃塞萨。他经历了家运和国运的双重悲剧，却始终不忘展现卵蛋精神。

一家7个兄弟，靠父亲一人做警察的薪水养活。两个兄弟没有活过两周岁，还有一位小弟12岁时接受一次简单的招风耳整形手术，却遭遇医疗事故去世。这件事对父亲造成巨大打击，他本是家里唯一反对手术的人。

父亲唯一的安慰，是踢球的儿子阿尔贝托少年成名，并成为自己钟爱的豪门俱乐部博卡青年队主力，他总是抽时间去看阿尔贝托训练、比赛，为他感到骄傲。

然而，1975年，阿尔贝托随阿根廷国青队去法国参加土伦杯[2]，

---

[1] Renato Portaluppi，1962年出生，在巴西足坛被昵称为“高乔人雷纳托”，80年代巴西足坛最出色的边锋，曾效力于格雷米奥、罗马等俱乐部，退役后担任教练成绩也很出色，是迄今为止唯一以球员和教练身份都赢得过南美解放者杯的巴西人。

[2] 土伦杯国际足球邀请赛（法语：Festival Espoirs de Toulon），是每年在法国南部举行的国际足球邀请赛。除了第一届的比赛曾邀请俱乐部参加外，自1974年起，每届比赛邀请各国21岁以下代表队参加。赛事除了决赛固定在土伦市政球场举行外，其余比赛分散在瓦尔省各市镇举行。

赢得了冠军，载誉回国，迎接他的却是噩耗。

父亲去机场迎接阿尔贝托。见面后问儿子，能不能陪他去看个朋友再一起回家。儿子说长途飞行以后太累，如果老爸想用他的车可以尽管用，他自己回家。父亲说不必了，朋友的家就在机场附近，他走路过去，快去快回。

这是一次永别，快走到朋友家门口时，老塔兰蒂尼突发心肌梗塞猝死。

“那一天改变了我整个足球生涯。”阿尔贝托·塔兰蒂尼回忆说。

他去找博卡青年队主席阿芒多借钱安葬父亲，阿芒多同意借钱，但颇有疑虑，最后抽出一张纸来，要塔兰蒂尼写份还钱保证书。

“我无法相信，我刚死了老爸，他却要我写字……我把钱砸还给他，要求查看我的职业合同。然后我当面撕毁了合同，对他发誓，我会成为他最大的噩梦。”

没有了职业合同，塔兰蒂尼拿到手的是一份行业最低工资，但他从未在逆境中后退过半步。这样的情况持续了两年，他和队友们一起赢得 1977 年解放者杯冠军——南美足坛俱乐部赛事最高荣誉。

解放者杯决赛后，阿芒多在庆祝时心脏不适倒地，让他大难不死的人正是塔兰蒂尼，他冲上去快速解开了阿芒多的领带。

那个年代的俱乐部和球员的劳资关系远比今天不平等，一名球员若敢和俱乐部管理层作对，几乎等于自陷绝境。1977 年年底，塔兰蒂尼获得了自由身，但阿芒多和阿根廷其他重要俱乐部达成密约，任何一家都不会和塔兰蒂尼签订职业合同。

塔兰蒂尼拥有的是阿根廷国家队主帅梅诺蒂的绝对信任。他实际是以非职业球员身份参加了 1978 年世界杯。他是左边后卫位置的绝对主力，阿根廷 3∶1 战胜荷兰的决赛中，塔兰蒂尼被荷兰球员内斯肯斯打掉了两颗门牙，血染战袍。

“帕萨雷拉先给了内斯肯斯嘴巴上一肘子，他简直发了狂，见谁都是一肘子，那哥们两个蛋蛋大到了天上……”

那是阿根廷历史上赢得的第一座世界杯奖杯，政治因素让夺冠无比尴尬，因为当时的阿根廷正在经历本国历史最黑暗的一页，通过政变上台的军事独裁政权大规模秘密捕杀异见人士，史称“肮脏战争”。

决赛后，独裁者魏德拉将军到更衣室问候球队。作为队中反独裁态度最坚决的球员之一，塔兰蒂尼突发奇想，要玩一次“卵和技巧”的游戏。

“魏德拉开始和球员们一个接一个地握手，我对帕萨雷拉说，跟我赌 1000 美元，和他握手之前，我要把手一直放在卵上面预热。”

塔兰蒂尼当时只穿了一条白色内裤。帕萨雷拉乐了，接受了赌局。

“我的手放在什么位置，魏德拉看得很清楚，就在伸手出去之前，我还又好好地摸了一把……但屋子里的摄影师镜头都对准了他，他没有办法后退……直到今天，帕萨雷拉还欠我 1000 美元。”

介绍完卵蛋俱乐部 3 名职业球员，是否该介绍作家球员了？

索里亚诺写作风格是什么？贾尔迪内利是不是拉丁美洲文学爆炸的一块碎片？丰塔纳洛萨的作品里有没有罗萨里奥中央和纽维尔老男孩的超级德比？

这是不可能的，在我家里有一个禁忌：谈论作家的简历、地位、流派、影响力……

一个自然而然的禁忌，或者毋宁说是习惯：作家全名是啥、笔名的来历、作品影响力、风格流派、文学史地位，这些内容，Momo 不懂，Oliver 更不懂，不到周岁的女儿也不懂。

但决定因素不是懂或不懂，决定者也不是狗，也不是女儿，是玮，她厌恶我对她讲述与作品无关的内容，她眼里只有两类作品：第一类她喜欢，第二类她不喜欢。如果我说，某某作家如何重要，是某国的国宝，写作技法影响过邻国的国宝，她会对两个国家和国宝都失去兴趣。

所以，我给她推荐书，需要刻意制造无意。例如我把佩索阿的诗集卡在沙发垫的缝隙里，就像是我翻了几页感觉无趣随手扔掉一样。

她晚饭后往沙发上一倒，随手就把卡在沙发里的诗集拿了起来，立即不再说话，过了好一阵，终于抬起头来，“这个人写的诗有点意思。”

之后一个月，在我们家里，河是特茹河，城市是里斯本，国家是航海国，语言是葡萄牙语，人类是佩索阿。

我们俱乐部的作家球员本就名声不够显赫，即使得到认可也只属于小众范围。介绍完3名卵性够强的球员以后，唯一值得书写的是本队主帅——巴西人若昂·萨尔达尼亚。

若昂·萨尔达尼亚就像从一部惊险小说走进现实的人物，他比现实更鲜活。他和莫言式的小说家路径刚好相反，在日常生活中，萨尔达尼亚胆大包天，如果把他放进一部小说里，倒是一切都正常又普通了。

然而，萨尔达尼亚出任本队主帅的条件，是我对他的介绍不能使用半点文学技巧。

他认为莫言的“好斗和极限”说并不离奇，世界上从未有过一个文学大家真正用语言呈现出足球的魔力：

“作家们活着是为了讲述，他们在自己的想象里挑战他人的现实；我活着是为了被讲述，加林查也一样，我们在他人的现实里挑战自己的想象。这是对待现实的两种不同方式，两种表现力彼此并不兼容。”

于是，我们达成协议。我在此处不对他进行任何介绍，只在本章末尾附上我曾在《体坛周报》发表的关于他的文章。

没有人召集，也没有预先宣布时间和地点，我们球队全体成员准时出现在同一个地点，开始战前准备会。

我喜欢这群队友的原因在于，他们都想踢比赛，想赢球，特别专心于此，我们都不在意队友的名气和履历，我们想要的是胜利，掀翻银河舰队的胜利，卵击诺奖的胜利。

没有人问及别人的文坛成就和身世悬疑，当然也不会有人询问若昂·萨尔达尼亚在1970年世界杯开始前突然从巴西队主帅位置下课是什么原因。或许他自己也不知道，或许他知道的内容是假的，但这些根本不重要，重要的是如何准备接下来的比赛。

我的第一个疑问是，比赛场地在巴塔哥尼亚的荒原里，除了石头、风沙、灌木、小溪，还有专爱对人吐痰的驼羊，康多兀鹫盘旋在天上等着了解我们的腐肉味道，我们需要为这些客观条件做什么准备？

“不需要准备什么，”萨尔达尼亚说，“现实从来不是文学的问题，踢球也一样，缺乏才华才是问题。”

说完他就喝酒去了。

我的第二个问题是，对方既有马尔克斯又有略萨，一个是古巴领导人卡斯特罗的盟友，另一个是坚决的右派，左右两翼俱全，应该派塔兰蒂尼去防守哪一边？

尼卡诺尔·帕拉说尽管放心，两条边都可以交给他，“我不是左派，也不是右派，我只想把他们两派都给撕了。”

第三个问题则是，博尔赫斯将采取怎样的踢法？他会球风飘忽诡异莫测吗？他能否会和队友一起用传接球搭建起一座我们进得去出不来的技战术迷宫？

几位阿根廷队友都在暗笑。他们说博尔赫斯会是加图索，“那个患眼疾把队友内斯塔撞成重伤的加图索。”

“阿根廷球员脚下技术不是都很好吗？博尔赫斯的风格像‘小毛驴’奥尔特加还是‘跳蚤’梅西？”我问。

阿根廷队友们又集体摇头。他们说博尔赫斯也就是头球厉害。索利亚诺解释说：

> 阿根廷人是说西班牙语的意大利人，自认为是英国人。博尔赫斯是写西班牙语的英国人，自认为是阿根廷人。[1]

比赛开始前，艾斯特哈兹和贾尔迪内利走到我面前，把10号球衣交给我，说是主教练和更衣室的共同决定，这让我受宠若惊。

---

[1] 索里亚诺这段话出自 *Fútbol. Storie di calcio*，2014年，意大利 Einaudi 出版社。

在我亲手挑选的卵蛋代表队，我佩戴着队长袖标，还身披10号战袍。在国际场合总是说德语的艾斯特哈兹突然操起一口流利的西班牙语，而且是纯正的拉普拉塔河口音：

“Pibe[1]，我们一定会赢的，一场球赛就足以灭掉诺奖得主、文学宗师和畅销作品。博尔赫斯说足球是英国人的一项愚蠢发明，11人对11人追逐一个皮球，毫无美感可言——他是在撒谎。很多写字为生的人都不敢或不愿对足球多看一眼，归根结底，他们穷尽世上的语言和文字也无法实现足球一样简单又丰富的可能、周而复始却从不令人厌倦的生生死死、和谐优美却暗藏无限玄机的皮球轨迹、还有人和球——即人和物——在若即若离与如胶似漆之间的无缝切换。”

艾斯特哈兹根本不必对我说这些，因为这场球赛我们赢得无比轻松，上半时才开始不久，对手就退赛了。

原因并不在于担任门将的莫言没有完美发挥出人性中好斗的一面，也不在于他没有触及自己的极限，更不是因为塔兰蒂尼和帕拉联手封锁了马尔克斯和略萨的左右两翼。

一切都怪智利人波拉尼奥。

---

[1] Pibe，阿根廷人对小男孩的一种称呼。El Pibe de Oro，金童，也指马拉多纳。

波拉尼奥在“人性俱乐部”司职中后卫。

每次得到球——无论是队友传球给他，还是截下我们队的传球——他就往自家大门里面踢，莫言根本无法防范。开场才10分钟，智利人就上演乌龙球帽子戏法。

观众席上的巴塔哥尼亚原住民马普切印第安人笑爆了肚皮，他们一边喝酒唱歌一边彼此下赌，接下来波拉尼奥总共会打进多少个乌龙球。

看台上的人性俱乐部粉丝一个个面色铁青，他们准备了巨大的横幅，“读遍文学大师，探寻灵魂深处的痛苦”，他们原本期待着一次“全世界文学爱好者，联合起来”的盛会，一场属于文学迷和准作家的足球伍德斯托克。现在，就连波拉尼奥的铁杆粉丝也用智利国旗挡住脸上的2666彩绘，生怕被其他大师的粉丝揪出来暴打。

波拉尼奥每次进了乌龙球，会绕场狂奔一圈，模仿巴蒂、贝贝托、萨拉斯、萨莫拉诺、李金羽的庆祝动作，马普切人笑得在地上打滚，文学迷给他铺天盖地的谩骂和嘘声。队友们面色无光，波拉尼奥却信誓旦旦地表示，他会继续这样的表现，直到90分钟结束，目标是把集体奖杯送给我们队，而他自己赢得个人荣誉“金卵奖”。

这场比赛双方都只有11名球员，不能换人，即使队友认为波拉尼奥比赛态度不对，也没有人可以替换他。而且，比赛没有裁判，就算“人性俱乐部”球员想要发挥出好斗的一面，探寻自我牺牲的极限，派一人上去和波拉尼奥拳脚相向扭打一团，也无法引发裁判干预把斗殴者双双罚下场。

博尔赫斯果然像加图索，开场后撞伤了两名队友，但他就是没撞到波拉尼奥，因为他想撞波拉尼奥的时候，总是撞上别人。眼看后者坚持不懈地反戈一击，博尔赫斯开始用各种语言骂粗口，他甚至使用了日语和韩语，误以为是中文。最后，阿根廷人召集其他队友，一致做出退赛决定。

贝尔萨表示反对，他坚持说，球场上的失败有比成功更深刻的文学含义，但除了追赶过来强行加入会议痛骂队友胆小怕输的智利人波拉尼奥，其他球员都认为这样的含义只能留到文学世界里去体现，不必在现实的球场里丢人现眼。

博尔赫斯的文学队友瞬间就消失得无影无踪，文学粉丝们也随即离场，波拉尼奥的铁杆拥趸早就溜走了。

对方半场只剩下波拉尼奥一位作家，他在贝尔萨、梅阿查、巴尔达诺和托斯唐的陪同下，朝我们笑眯眯地走过来。

托斯唐和萨尔达尼亚动情拥抱，贝尔萨、巴尔达诺和我们队的阿根廷作家们聊得火热。

萨尔达尼亚对托斯唐说：“这样很好，那些原本准备好攻击我们没读懂博尔赫斯、希望对本场比赛的文学技法、文笔、构思、结构、暗喻进行分析的文学评论家们，现在都会因为剧情过分简单粗暴而失去施展套路的空间。”

我们以为波拉尼奥会表示他老早就是“卵蛋俱乐部”的球迷，所以在本场比赛中选择担任卧底。但他没有这样说。

他问围上来的马普切印第安人要了一杯啤酒，慢吞吞地说：

我的球员生涯从未被观众或是队友完全理解。我一向认为，攻陷自家大门比攻破对手球门更有趣。除非你名叫贝利、迪迪或加林查，否则，进球总是超级庸俗的事情，对对方门将严重失礼，你又不认识他，他更没有对你干过坏事。然而，乌龙球却是一个代表独立的举动。向你的队友和公众宣布：你踢的是另一种足球。[1]

波拉尼奥带走了我们球门背后的一块卵石，代表最佳球员荣誉的“金卵奖”。

[1] 这段话出自波拉尼奥访谈录，Bolaño por sí mismo（entrevistas escogidas），Universidad Diego Portales 出版社，智利圣地亚哥，2006 年，第 125 页。

延伸阅读——无畏若昂

他真的见过毛泽东？

南美足球人物令人着迷，他们的人生自成一部传奇，无需附加多余的文学性。在巴西，若昂·萨尔达尼亚就是一部惊险小说的主角。

1970 年，“史上最强”巴西队三冠永存雷米特杯，萨尔达尼亚是奠基人。但他在开赛前 3 个月遭解雇，球队改由扎加洛执教，后者被视作功勋主帅。

或许，是命运刻意要保存萨尔达尼亚这个名字的神秘。

大话王

萨尔达尼亚 1917 年出生在巴西南部城市阿来格莱特。父母是农场主，曾参与巴西南部两派对立势力的小规模内战。萨尔达尼亚说他 6 岁就在巴西、巴拉圭边境为叛军偷运武器，实际应是他父母偷运武器，用若昂和弟弟妹妹的童车做伪装。

萨尔达尼亚少年时随父母移居里约热内卢。他的球技不错，可惜进入博塔佛戈一线队后不久重伤退役。在大学法律系学习期间，萨尔达尼亚加入了巴西共产党，表现非常活跃。

家境富裕让萨尔达尼亚很小就随父母去欧洲旅行，还曾在法国留学。旅行经历让他在穷人众多的党员伙伴面前吹起牛来颇为神气，他绘声绘色地描述如何在现场目睹 1934 年和 1938 年世界杯。甚至说 30 年代就去中国参加了红军长征，或是 1944 年在蒙哥马利元帅身边见证了诺曼底登陆。

以上两件事显然禁不起考证。待考证的是 1950 年萨尔达尼亚的行踪。他在战后一度担任巴西共青团文化部负责人，后被党组织派往布拉格和莫斯科，其间曾化名若昂·索萨。萨尔达尼亚说，他随国际共运人士经由西伯利亚铁路到达中国，参加了中华人民共和国建国 1 周年庆典，并得到毛泽东接见。

从教练到记者

有必要插叙一点：谎话在南美很多地方被视作一种游戏，会编谎的人显得很可爱。尤其在一些小地方，“谎话节”“谎话大赛”是重要的文化活动，获奖的常是诸如“那天河里鱼多到我脚都放不进水里”之类的段子。

萨尔达尼亚对其共产党员履历各种夸张和吹嘘，但在足球上，他却不是只会吹牛皮。他有不可思议的洞察力。他在博塔佛戈俱乐部一直拥有一席之地，或是梯队教练，或是技术主管。

1957 年，萨尔达尼亚被任命为博塔佛戈主帅，他说服主席从弗卢米嫩塞买来迪迪，一支由迪迪、加林查、尼尔顿·桑托斯组成的博塔佛戈以无坚不摧的攻击力赢得里约州冠军。

萨尔达尼亚喜欢女人、美食和美酒，爱飙车，还随身携带一把左轮手枪。有次博塔佛戈输了球，萨尔达尼亚怀疑本队门将不轨，直接掏出手枪对准其脑袋。作家内尔松·罗德里格斯将“无畏若昂”这个绰号送给了他。两年后，萨尔达尼亚不同意俱乐部将迪迪卖给皇马，辞去教练职务。

多数介绍巴西足球的书籍，对萨尔达尼亚的描述不外乎以下几点：原本是个记者，1969 年阿维兰热任命他为巴西国家队主帅，期待平息巴西体联和媒体之间的火药味。萨尔达尼亚执教战绩出色，但其共产党员身份激怒了军政权领导人梅迪奇，他命令阿维兰热临阵换帅。

以上描述存在若干个错误。萨尔达尼亚恰是结束在博塔佛戈执教后才在妻子建议下尝试做体育记者。他的执教才华在做记者以前便已获广泛认可。1969 年以前，他一共 5 次被巴西体联询问过是否愿意执教国家队。

“无畏若昂”被误解为记者出身，原因是他做记者也做得很好。60年代初入行，很快从一个小电台记者变成《巴西日报》等大媒体的王牌评论员。

1966年巴西在英格兰世界杯上失利，巴西人对国家队的热情随即消减，甚至主场踢阿根廷也无法让马拉卡纳满座。萨尔达尼亚在技战术分析上很精准，他被视作媒体上抨击巴西体联和国家队的代表人物。

在巴西体联掌门人阿维兰热看来，萨尔达尼亚的批评都是客观、有分量、富有建设性的。他本就是教练出身，且巴西体联老早就邀请过他，在国家队持续混乱低迷的情况下，阿维兰热把“无畏若昂”视作引领复兴的关键人物。

潇洒上任，突然解职

巴西国家队的低迷和大俱乐部争相干扰主帅、推荐本队球员有直接关联。“无畏若昂”干脆在首次新闻发布会就公布了1970年世界杯的主力和替补阵容，让媒体同行大吃一惊。

执教国家队，萨尔达尼亚早就成竹在胸，他以桑托斯和博塔佛戈为班底，只从其他球队抽调个别球员如托斯唐加入其中。他同时派遣多个10号球员出场，倡导进攻踢法，巴西队预选赛6战全胜，还在马拉卡纳球场2：1战胜来访的英格兰队，一时人气飙升。

如此成绩，为何突然被解职？有说法是，1969年正值巴西军政权秘密逮捕、虐待和杀害左翼反对者高峰期，“无畏若昂”在国外抨击军政权的言论传到当权者耳中。他在墨西哥对智利诗人聂鲁达说：“军政权想用冠军为自己贴金，但对我来说，球员们才是场上的英雄。”

“无畏若昂”在国外对当地人的抨击也一样厉害。他去欧洲考察未来对手时，受邀做客各国电视台，每次都让对方脸红耳赤。如在西德被问及印第安人问题，“无畏若昂”回答：“巴西470年历史上遇难的印第安人还不如德国发动的战争里10分钟内死掉的人多。”

另一说则是他在人员问题上和军政府首脑梅迪奇将军发生冲突。

梅迪奇希望米内罗竞技球员达里奥入选国家队，“无畏若昂”接受南方一家电视台采访时说：“总统先生可以挑选自己的部长，请把严肃的事情留给我们。”

此话也有很多个版本，如“既然总统先生挑选部长没有征求我的看法，我选择球员他也不必多操心”，“他选他的部长，我选我的球员”。

萨尔达尼亚的用人路线让里约热内卢第一豪门弗拉门戈感到冷落。弗拉门戈主帅尤尔特里西严词抨击萨尔达尼亚，并把自己视作接任其帅位的天然人选。萨尔达尼亚气得持枪冲进弗拉门戈集训营，幸好尤尔特里西当时不在。

1970 年 3 月，巴西体联通知萨尔达尼亚解职决定，理由是酒精和胜利已让其飘飘然，不适合继续带队。

在后卫布里托的组织下，除贝利以外的全体国家队成员决定发表一项声明，要求萨尔达尼亚留任。

深受球员爱戴的萨尔达尼亚太太特蕾莎劝阻了这一抗议。她说解职决定必有深层原因，球员此举不仅于事无补，还将对自己的国家队和世界杯生涯造成不利影响。

最后，球员们还是成功抵制了尤尔特里西成为新帅候选。

死于世界杯

巴西体联紧急联系 3 位候选：年轻的科林蒂安主帅萨尼、博塔佛戈主帅扎加洛、有欧洲执教经历的本菲卡主帅格洛里亚。

萨尼和萨尔达尼亚是好友，以经验不足为由婉拒，格洛里亚本就不想放弃本菲卡帅位，拒绝得很爽快，“我没有兴趣和别人（军政权）分享帅位”。

扎加洛务实也机智。他同意挂帅，并把达里奥带去世界杯，但 1 分钟的时间也不给这名球员。扎加洛几乎完全沿袭萨尔达尼亚的思路，1970 年巴西队阵容，和 1969 年“无畏若昂”上任时公布的出入极小。

萨尔达尼亚又回去做电视评论员和专栏作家。对于被解职一事，他并不过分纠缠，在一篇专栏里写：“要他们解释解职的原因很容易，让他们解释为什么当初选择我倒是更难。”

他继续时不时地抛出既像逗乐又像挑起论战的言论，如关于足球世界的同性恋现象，“无畏若昂”说：“1970 年那支巴西队里，至少有 3 对同性情侣。”

1990 年世界杯开赛前，医生告诉已身患绝症的萨尔达尼亚，他只剩 3 个月生命。他仍然坚持要去意大利做评论员，意大利和阿根廷的半决赛结束之后，“无畏若昂”在罗马去世。

最符合逻辑的版本

萨尔达尼亚到底为何、如何被解职，将是巴西足球永远的未解之谜。如果阿维兰热仅仅是执行军政权的命令，他也不一定是知情者，而军政权多数首脑人物已去世。

“萨尔达尼亚的共产党员身份激怒了军政权，因此被解职”，这个说法绝对不成立。早在 40 年代，萨尔达尼亚就进入过巴西政府黑名单。他的各种言行，军政权绝非 1970 年突然才知情。而且，阿维兰热是在军政权认可萨尔达尼亚这个名字以后才做出任命决定。

至于“军政权和阿维兰热先等萨尔达尼亚把国家队搞上去，然后将其换掉避免一个共产党员率队赢得世界杯”，这种说法接近无稽之谈。巴西人那么肯定自己有本事先换帅再赢得1970世界杯？

多年后，巴西国内出现过一个故事版本，据称来自某退役军官。他说，梅迪奇是个超级球迷，非常喜欢萨尔达尼亚执教的国家队。军政权怎么会不知道他是共产党员？倒是梅迪奇有令，任何人不得为此纠缠萨尔达尼亚。

但是，两位被捕的共产党员狱中私谈被监听到。他们说，莫斯科已给巴共下令，要他们告诉萨尔达尼亚，绝不能带巴西赢得世界冠军，以免为美国扶植的右翼军政权脸上贴金。

军政权得此情报，紧急开会。大多数人认为，以“无畏若昂”的个性以及他对足球和巴西的爱，绝不可能理会莫斯科的要求。但一成员发言：“问题不在于莫斯科要他做什么，而是莫斯科要对他做什么。如果巴西夺冠，他们暗杀若昂然后栽赃于我们，说军政权不能容许一个共产党员以冠军教练身份招摇于世；或者巴西失利，他们也暗杀若昂栽赃于我们，说军政权想用足球冠军收买民意不成恼羞成怒，同样会是大麻烦。如果现在换掉若昂，也是保护他本人。”

在逻辑上，这或许是最禁得起推敲的版本。冷战时代的拉美是美苏之间没有硝烟的战场。南美多国都出现过美国扶持的残暴右翼军政权，但另一面是莫斯科扶持的激进左翼学运、游击队和绑架暗杀——加莱亚诺等拉美左翼作家通常会刻意掩盖后一面。巴西左翼在那个年代把国家队视作军政权给人民的“精神鸦片”，接到甚至捏造来自莫斯科的反足球命令，绝非不可能。

此外，离开国家队后立即去环球电视台工作，萨尔达尼亚的命运也和当时很多遭迫害的左翼友人形成鲜明对比，似乎军政权对其也有特别的宽容。也不存在“他是名人、军政权不敢动他”这种可能，就连当时巴西的“全民之爱”音乐家西古·布阿尔克也要跑去意大利躲风头，回国后好几年只能使用假名发表文章。

最后一个有趣的点，或许也是1970“王者巴西”和1982“艺术巴西”的区别所在——萨尔达尼亚坚决反对巴西足球技战术欧化，但他又厌恶巴西人疯狂热捧1982年桑塔纳那支“艺术足球”巴西队，他认为在中场同时派出法尔考、济科、苏格拉底等人，是严重自大和轻视对手的表现。

第五章　也且通灵

子惠思我，褰裳涉溱。
子不我思，岂无他人？
狂童之狂也且！
子惠思我，褰裳涉洧。
子不我思，岂无他士？
狂童之狂也且！

——《国风·郑风·褰裳》

10年前我住在米兰城，圣西罗球场附近的一栋3层小楼里。

小楼背后有个小花园，面积大约50平米，里面有几棵小树，一张长椅。从来没有人坐到那里，花园里蚊子很多，11月份也会叮人。或许这个花园适合给狗玩，但整个楼里没有人养狗。

确认花园里没有狗屎，这里成了我独自玩球的小场。和意大利很多地区一样，米兰城的住宅供暖仅限于傍晚和清晨，白天在家写稿，常常被冻得很厉害。我写完一篇稿，在脖子和后颈涂点防蚊液，下到花园里颠一会儿球，再又回到家里，披上厚厚的外套继续工作。

某天下午，一个金发小女孩走进了花园。她问我要球，一连颠了十几个。

我和她在楼里已有过很多次照面，这下算是认识了。她名叫罗贝塔，13 岁，在业余女足俱乐部的梯队练过两年，父亲供职的公司每逢比赛日为圣西罗体育场提供后勤服务，所以她得到了一套国际米兰比赛服，这是她支持的球队。

过了几天，家里门铃响了，罗贝塔在对讲机里说，“我们踢比赛吗？”

我确实正准备去花园里暖身子。走到底楼，罗贝塔已经换上她的全套国际米兰装备，另外两个球友是：13 岁的阿尔贝托，8 岁的乔尔吉娅。

阿尔贝托是罗贝塔的同学，乔尔吉娅是阿尔贝托的妹妹。出于公正，我选择和乔尔吉娅一队，对阵罗贝塔和阿尔贝托。树和路灯杆之间的空隙，就是球门。

乔尔吉娅像只小猫，瞪大着眼睛，下盘很稳，出脚速度快，她的表现远远超越我的预期。更让我佩服的是她的射门意识，总是充满进球得分的欲望，而且动作十分舒展。尽管从未受过足球训练，却踢得有板有眼，明显从小就爱和同学一起玩球。

我拿球的时候，总是努力吸引罗贝塔和阿尔贝托一起来防我，然后找个空当把皮球传给乔尔吉娅，由她完成射门。

有一脚半高球凌空抽射，乔尔吉娅触球部位极佳，射得非常有力，可惜角度差之毫厘，皮球重重地击中树干出了底线。

“Minchia！”乔尔吉娅大叫，吐词格外清晰。

我们都愣住了，然后捧腹大笑，只有乔尔吉娅不笑，圆圆的小脸上满是懊恼。

“乔尔吉娅，你知道什么是minchia吗？”哥哥阿尔贝托问。

“是的，minchia！”

乔尔吉娅瞪着一双无辜的大眼睛。她的回答或许是确认，也可能是对问题表示不屑。

Minchia来自西西里方言，指的是男性生殖器，日常用语里也常用于表示感叹、惊愕、狂喜、不屑。

意大利北方地区的工业大跃进过程中，大批穷人从南方的西西里、卡拉布里亚等地北上打工，minchia一词也进入北方人的日常语言，和原产中北部的同义词cazzo并用。

乔尔吉娅到底是否明白minchia的含义？我相信她明白，至少是一半明白。关于文明的词汇，一知半解等于不明白，而脏话，只要明白些许，就是完全明白。

小孩说脏话，原因不一定是家里祖辈和父母爱爆粗口。脏话是人类语言最有生命力的部分，即使父母是文质彬彬、举止体面的上流社会人士，小孩也一样可以轻易察觉到脏话的力量，甚至深受感染。

让我们再次提到上一章出现过的巴西人若昂·萨尔达尼亚，他不是下面故事的主角，只是一个开门人，仅仅一闪而过，然后把舞台留给小孩。

20世纪六七十年代是巴西文化生活最丰富活跃也最优质多产的时期。在里约热内卢，富有的中上阶层尤其喜欢把自家大客厅打理成名流荟萃的文艺沙龙。

若昂·萨尔达尼亚常去老瓦尔特·萨勒斯家做客。老瓦尔特·萨勒斯是巴西最重要的银行家，曾出任巴西驻美国大使、巴西财长等职务。

萨勒斯家的几个儿子特别喜欢萨尔达尼亚，尤其是日后选择电影业的小瓦尔特·萨勒斯[1]和若昂·萨勒斯，这两兄弟总是缠着要萨尔达尼亚讲述足球世界里的奇闻轶事，从贝利、迪迪、加林查，到1970世界冠军巴西队。正是受萨尔达尼亚影响，小瓦尔特和若昂成了博塔佛戈球迷。

老瓦尔特·萨勒斯去世前身家超过20亿美元，几个儿子却都不是坐吃山空之辈，进入银行业的佩德罗·萨勒斯让家业进一步扩大，若昂·萨勒斯成为一位著名纪录片导演，小瓦尔特·萨勒斯则凭借《中央车站》《摩托日记》等影片成为世界级电影导演。在巴西之外

[1] Walter Moreira Salles Jr.（1956—），当代巴西最重要的电影人之一，他执导的《中央车站》（1998）获得第48届柏林影展金熊奖，另一部关于青年切·格瓦拉的作品《摩托日记》（2004）也曾引发轰动。

提到小瓦尔特·萨勒斯这个名字，很多人只会想起他在电影里展现的艺术天分，并不知道他是以超过百亿雷亚尔身家位居巴西富豪榜前 30 位的富二代。

小瓦尔特·萨勒斯膝下一儿一女。我对他的小女儿产生了好奇，在这种财富、艺术和格调都不缺少的上流社会家庭长大的小女孩，对足球世界里的脏话会是怎样的反应？

在一次访谈里，我读到这位电影导演的讲述：

“女儿 4 岁的时候，我带她去伯纳乌，看一场西班牙国家德比。

“比赛开始前，两边球迷高声互骂，女儿突然回头对我说，‘看，生命！我们活在生命里！’

“我永远不会忘记那一天，她也不会。”

葡萄牙语 / 西班牙语词“vida”，可以是生活，也可以是生命。我认为她的用词更接近生命，我也曾在伯纳乌的国家德比中看到过生命，看到自己活在生命里。

那是 2002 年 5 月 1 日，欧冠半决赛次回合。巴萨首回合已在主场 0 : 2 告负，出局已定，整个赛季一无所获，几乎是哀兵出征。我临时才决定马德里之行，通过朋友得到一张球票。

就在我坐地铁去球场的途中，巴斯克民族分离主义组织“埃塔”在球场外用小型定时炸弹炸坏了一个电话亭，没有造成人员伤亡，警戒线里，满地碎玻璃。

9·11 事件刚过半年时间，人们对“恐怖组织”“恐怖袭击”等词语都非常敏感。坐进场内，我发现自己是在皇马死忠的看台上。这是我第一次来欧洲，第一次到西班牙，第一次走进伯纳乌，一切都是陌生和未知的，我亦自问：此刻是否感到恐惧？

不，我没有丝毫恐惧。正是因为置身于皇马球迷中间，在国家德比的脏话海洋里，我没有恐惧，只有前所未有、突如其来、无畏一切的勇气。

开赛前，皇马球迷都举起了预留在座位上的一张白色纸板，伯纳乌像一口白色的深井，令人心跳加速头晕目眩。我被疯狂的骂战吸引，尽管无法逐字逐句听懂所有的短歌和号子，西班牙语脏话却清晰入耳字字珠玑。

多数是北外西班牙语二外课从未教过的词语：carajo（男根），coño（女阴），leche（乳汁，精液），gilipollas（屁眼），joder（干），follar（日）……

他们在骂巴萨！但作为巴萨球迷，我感觉很好。我甚至加入他们中间，跟着他们一起骂，尽管我总是漏掉“巴萨”。

既然仇敌的到来可以让马德里人迅速忘记埃塔，我为什么就不能在仇敌中间忘记爆炸？在仇敌中间爱上最粗俗的西班牙语？每一场球赛都是一次独立的生死，没有这些与生殖密切相关的词语，何谈生死？民族、国家、地区、组织，它们比 carajo 和 leche 更关乎生死？

比赛结果是 1∶1，巴萨总比分 1∶3 被淘汰。看到伯纳乌沉浸在淘汰巴萨的喜悦中，听着皇马球迷继续用各种脏话调戏雷克萨奇手下死尸一样的巴萨，我没有感到半点悲伤或沮丧。

这种体验极为独特，至少在那天晚上我找不到确切的解释。多年后，我才找到些许解释——伯纳乌就是一座神奇的生命殿堂，你甚至可以从敌对、分歧和溃败里获得力量。我想起意大利诗人帕索里尼的话，“足球是我们时代最后的神圣礼仪”，当我看到伯纳乌的皇马球迷为对手阵中的球员集体起立鼓掌致敬，看到率队做客伯纳乌战胜皇马的小罗、皮耶罗、伊涅斯塔获得这一殊荣……某种无以描述的庄严感让我全身冒起鸡皮疙瘩。在伯纳乌，脏话的海洋只是神圣礼仪的完美前奏。

我不知道本书剩下章节中是否还有机会提到皇马。皇马是 20 世纪最伟大的足球俱乐部，因为它首先是一个伟大的对手。随着年龄渐长，我越发对自己钟爱球队的死敌充满敬意。我是巴西人，对阿根廷足球充满敬意；我是博卡球迷，对河床充满敬意；我是巴萨球迷，对皇马充满敬意——是这些伟大的对手让我们的下一秒钟总是有意义，既然它们都还活着，我们也要好好活着，不必为自己是否

“不朽”感到焦虑。

一些音乐人爱说，音乐联合人类，足球分裂人类。我认为这种看法是浅薄的，需要身着正装才能入场的古典音乐会直接把底层大众拒之门外，体育场里数万人跟着流行歌星一起卡拉 OK，也不是什么高明的联合。音乐作品实现反人类的企图，比足球比赛容易很多。《守卫莱茵》[1]一样的歌曲，从 19 到 20 世纪不断涌现和传播，它们教育年轻人为祖国去死，却不告诉他们应该为什么而活。

足球也曾反复被统治者当作煽动工具，却从未达到过让人热血澎湃立即就要提枪去杀戮的效果。倒是第一次世界大战英德军队在“圣诞节休战”期间爬出战壕自发举办的足球赛，成为珍贵的和平记忆。

那些爬出战壕、在战场空地上踢球的士兵，会不停地用自己的语言爆粗口吗？当然会！

在战争电影豪迈的台词中间，脏话只是光荣和惨败的瞬间点缀，在真实的战壕里，粗口却是铺天盖地、延绵不绝的日常，是对天地、命运和同类的永久诅咒。

但在圣诞节来临时放下武器，在战壕与战壕之间的荒地球场

[1] Die Wacht am Rhein，创作于 19 世纪的一首德国爱国颂歌，流行于普法战争和第一次世界大战期间，歌词内容根植于历史上的法德敌意。其旋律在很多国家被重新填词，例如耶鲁大学校歌 *Bright College Years*。

上追逐一个来历不明的足球，说脏话却意味着幸存的快乐，Fuck！Shit！就是“我们还活着”，是“我们干吗要打仗?”是顿悟人类在分歧和差异面前不可理喻的愚蠢。

在艺术字和管弦乐装点的文明世界里，人的智慧、理性被无限制地崇高化。脏话是众矢之的，它代表着低俗、粗劣、贫穷、底层、非理性、大男子主义。

足球世界却和上述内容密不可分，也因此常常被追求崇高和深刻的文明人瞧不起。但足球积极的社会功效就是抵消人对崇高和深刻的迷恋。是反反复复不由自主地体会自我的局限和所属物种的无能。战争影片和战斗动员试图让每个男性青年相信他们拥有成为英雄的可能，足球赛却让我们反复确认，不是每个人都能成为罗纳尔多和梅西，这样很好，de puta madre！

人类通过识别差异变得更加智慧，又因为无法容忍差异而变得更加愚蠢。当分歧无法克服、双方陷入白热化境地，人们总是有爆粗口的冲动，这是人类在语言层面的返祖现象，这种回归本身是对人造文明现状的反对，因为性别和生殖特征的差异不是人造的差异，生命力是每个人所能触摸到的最强大、最神秘的力量。

在古巴，审查机构对近年流行的“雷鬼动”音乐非常敏感，指责其歌词低俗，公共电台只能播放歌词经过审查的“雷鬼动”歌曲。然而，古巴老百姓在街头巷尾最喜欢传唱的还是被审查掉的那些触摸生命力的歌曲，例如“主体乐队”的一首歌：

今早我起床，好有那啥愿望，

陋舍里没别人，还好我有个玛努艾拉，

还好我自带小玛努艾拉[1]，

我跟你说，她真的来自好人家。

火爆的球市、忠诚的球迷让英国人引以为豪。很多外人弄不懂，为什么连一个第六等级联赛的英国球场，也可能出现看台爆满的景象。

上述现象很容易被美化为“足球文化”。这是对足球彻头彻尾的误读，足球的存在，不是惯常文字书写可以描述的“文化”，因为足球本身是一种反文化。

英国人超级爱足球，原因有很多，其中一个是——他们严重地需要说脏话，而足球立即给了所有人爆粗的权利。

十多年前，我第一次走进伦敦的地铁，对这个超级都市的一切充满了好奇。

在人群里和我一起走下台阶、走进车厢的是两个衣着笔挺、风度翩翩的英国白领。他们用标准的商务英语谈论着业务，投入、认

[1] 西语里，女人名“玛努艾拉”（Manuela）会立即让人联想到“手”（mano）。玛努艾拉，即五指姑娘。

真的态度，自信的神情，让我几乎就要惊羡伦敦的脉搏与节奏。这不就是小时候我在灵格风英语教程上听到的标准语音语调和规范语法结构、在电影和广告片里才能看到的现代商业人类？

我内心的赞美快要涌出喉咙时，两位白领落座在我正对面。他们往座椅上一瘫，各自伸手把领带结往下拉，随即，他们用低沉愤懑的语调爆出一连串的 fuck，fucking，shit，从这里开始，我不再能搞懂他们谈的是什么主题，关于某个客户，某个同行，某个上司，某个企业？还是仅仅关于伦敦的地铁和天气？总之，领带结松开的刹那，他们标准又符合礼仪规范的伦敦英语消失了，脏话像决堤的洪水浩荡而出。

那一刻我对伦敦的敬意转交给了南欧人，我想赞美领带这种饰物。17 世纪“三十年战争”期间，克罗地亚雇佣兵把领带传播到了西欧，对于这些需要在特定场合保持风度和礼仪的英国人，领带是怎样一根兼具美感和效率的带子啊！打个结，往脖子上拉紧，脏话就被牢牢地拴在肚子里。

我去过很多有地铁的城市，最爱伦敦的地铁车厢。从机场到市区，我可以一路在车厢里收集人们留在座位上的报纸。

人们很少会留下语言文雅、内页没有大胸美女的“严肃大报”，如《泰晤士报》《卫报》，在地铁车厢里阅读此类报纸的人也少之又少，但我总是可以找到诸如《每日邮报》《每日星报》之类的“小报”，很多绯闻，很多花边，很多乳房，很多在英语课堂上没有学过的词汇。

小报离不开生命和生殖。提到男性器官，小报最爱使用的词语是 willy。这个词在英国很家常，例如奶奶对孙子提到那个部位，也爱说 willy。

我特别喜爱它，因为它让人想起中文的“威力”。上初中的时候，我们县里的有线电视会转播一个香港电视台的普通话节目，有一次电视里突然播放了一个内衣广告，男主角和女主角各自脱下外衣，只见男人紧绷的内裤和女人饱胀的乳房，广告词说：“外在比魅力，内在比威力。”

父亲刚好就在电视机前，立即伸手把频道键扭了好几格，换成家里从来没有人看的《经济半小时》节目。但我并不肯定，如果我不在电视旁边，就父亲一个人，他会不会不换台，认真思考一番魅力和威力的话题。

最开始，我认为在全世界广泛传播的英式礼仪和岛上铺天盖地的粗俗情色宿醉是不列颠特色的人格分裂。去过英国很多次以后，我渐渐喜欢上了这种袒露直白的分裂人格，他们多么真诚和实在啊，就像《每日星报》的报头：比《太阳报》便宜 20 便士，比《镜报》便宜 70 便士。

可恶的英国人不是成天手捧小报内页的女人乳房、每个周末去球场欢呼、呐喊和爆粗的一类，而是文质彬彬地论证英式价值就是普世价值的一类，例如在中国媒体上开设专栏的历史学家安德鲁·罗伯茨，他一边满嘴蜂蜜恭维中国和中国人，一边以隐藏极好的方式鼓吹殖民主义、大英帝国主义、犹太复国主义。每次读到他的专栏，我都会爆粗口，用很多种语言。

有两三年时间，托特纳姆热刺连续在欧联杯上抽中佛罗伦萨，热刺球迷成群结队地造访我居住的城市。他们买空超市的啤酒架，让佛罗伦萨的旅馆在淡季也爆满，还把脏话都留给伦敦。热刺球迷非常喜爱意大利式生活和佛罗伦萨古城，不仅希望本队未来有更多机会造访佛罗伦萨，甚至有人突发奇想，在自家论坛里说，热刺为什么不把主场搬到佛罗伦萨，这里比伦敦那个粪坑舒服多了。

有件事情我曾感到意外。

19 世纪以来，世界上很多地方的人都为构建民族身份费尽了心思，吵过很多架，打过很多仗，流过很多血，死过很多人。为了构建出“想象的共同体”，人们使尽十八般武艺，包括神话传说、共同祖先、统一语言、强化集体受难记忆……然而，世界上很少有人试图围绕脏话去构建身份认同，难道这不是一件很容易的事情吗？甚至不需要浪费纸张印刷那么多教科书！

后来我慢慢体会到，个中原因或许是：脏话是普世的，不是民族的。

例如，川南脏话和阿根廷西语几乎拥有一致的语义逻辑。这点需要从我爷爷说起。

我父亲是家里的第 10 个小孩，又被知青上山下乡耽误成了晚婚晚育的好榜样。我出生的时候，爷爷、奶奶已经很老了，分居在不同子女家里。我对他们的记忆只停留在自己 4—8 岁之间。

有一阵子爷爷住在我们家里，天气晴好时，他会带我在校园里或临近的郊区溜达。发生过好几次，走了一阵子，我突然说："爷爷，我想屙屎。"

爷爷就带我去一个大厕所。是整个教工宿舍和学生宿舍共用的大厕所，一连 20 多个蹲位的规模，我数过好多次，统计结果在长大以后不幸遗失了。蹲坑有宽有窄，我必须找个窄的，否则可能掉下去。

墙壁上方有很多砖砌的菱形风孔。爷爷让我蹲下以后，踮起脚一个接一个地搜索风孔。他习惯在某个小风孔里放一点草纸，以备应急之用。

有时候，风孔里没有纸，可能被有急用的人拿走了。我不记得最后如何解决了擦屁股的问题，但永远记得爷爷的话，那是我第一次学到一个重要的词。

“妈 P[1]，我的纸呢？”爷爷缓慢又反复地在风洞里逐个摸索着，念叨了好几次。

我在蹲坑上立即明白这个词很重要，它包含两个部分，我对“妈”烂熟于心，对“P”不明就里。

爷爷留给我的记忆一直混杂着熟悉和不明就里。有一次他带着我在山路上走出很远，直到一个很陡的斜坡转弯处才停下来。父母说，有可能爷爷猜到奶奶就埋在那个方向。

后来爷爷长时间住在姑姑家里，他的饭量很好，有人说他活到100 岁不会有问题。

川南的冬天很冷，爷爷从早到晚守在一个小蜂窝煤炉子前面，有一天他不小心打了瞌睡，衣服着了火。

我在医院病房里没有见到他，只见到一个不让人接近的罩子，好像里面亮着灯。

又过了几天，我们去了农村，放了很多鞭炮。在新坟前面跪下叩头的时候，我又想起爷爷在大厕所里念叨，“妈 P，我的纸呢？”

十几年以后，我变成了成年人，对这个词终于了解得比较具体、透彻、清晰，有次在意大利的高速路上又想起了爷爷。

我和阿根廷记者雷克一起去位于科莫省的国际米兰训练基地，

[1] 汉语北方方言里，这个词发音更接近于“妈 B”，川南方言，则更接近于“妈 P”。

在米兰北郊的高速收费站，雷克伸手把钱递给收费员，男收费员顺手抚摸了雷克的手。

雷克大吃一惊："你别碰我的手。"

收费员说："哦，对不起，我还以为你是晚上和我一起吃饭的（同性恋）。"

雷克一踩油门，从窗口飞出一句阿根廷土话："滚你妈P"。

原来，阿根廷西班牙语和川南土话是一致的，而且，不仅用于骂人。

爷爷为了表示客气、谦虚、疑问，会在自己想说的话前面加上"妈P"，雷克家里的老人也这样自谦，把"我妈P"当作发语词。

所以，梅西也让我想起爷爷。梅西在西班牙生活了很多年，仍然一口阿根廷罗萨里奥土话，尤其钟爱"你妈P"这个口头禅。有一次国家德比，皇马后卫拉莫斯拒绝交还皮球给梅西，梅西立即怒骂，"你妈P！"

2017年，一场阿根廷国家队比赛，梅西在裁判身边也爆出此句，裁判没听到，电视镜头却捕捉到了，并找了唇语专家解读。梅西被追加停赛，他坚持辩解说没有骂裁判，是骂空气。

这一点我很理解他。如果我有机会单独采访梅西，我会告诉他，我4岁时，爷爷也曾在师生共用的大厕所里对着空气说"妈P"。

我同样理解马德里竞技主帅迭戈·西蒙尼的爸爸，"妈P党"另一个光荣成员。

西蒙尼还是球员的年代，有次阿根廷国家队比赛看台上出现了一个老头，就坐在教练席上方的座位。

老头不管别人，只顾指挥西蒙尼："迭戈，跟上去！迭戈，后退一点！迭戈，不要放掉他！"

但西蒙尼只听主教练贝尔萨指挥，老头子越来越生气，满脸懊恼和沮丧，"迭戈，你妈 P！""就是不听我的，狗娘养的！"

比赛结束以后，阿根廷队教练组才知道，老头子就是迭戈·西蒙尼的爸爸。

有些父母为小孩说脏话感到脸红，我认为他们更应该为小瓦尔特·萨勒斯 4 岁女儿的伯纳乌生命感言而脸红，因为说脏话并不是人类语言最可怕的一面，和 20 世纪人类历史篇章中那些标榜崇高和伟大的恐怖语句相比，爷爷、老爸和球迷的脏话清如山泉。我们说脏话时，生命仍然是父精母卵的产物，仍然属于你和我，在追求崇高和伟大的语句里，有人让你自己告诉自己，生命已交付给某个集体。

那些成年人设计出来、传输给下一代的美好生活秩序模型也是可疑的：一家老老少少端着饭碗围坐在饭菜香喷喷的餐桌边，一个男孩为一个女孩送上一束玫瑰花，父母分别牵着小孩的一只手走在斜阳下，小孩在父母的目光注视之下跑在绿草茵茵的公园里，一对老夫妻在初夏的午后安详地坐在榕树的树荫里……

当我面对着这样的图景时，内心里却有一种无法羁绊的反叛冲动。如果幸福有了规定的形式，它是否还是幸福？这些模型只是文明社会日常生活的秩序迷恋，是中产阶级的规划路线，是消费主义的自我美化，是节日来临时的角色扮演，它们都不是生命，只是剩下的一切！在很多年时间里，我无比愤怒央视五套的足球节目在春节期间就停播了，一场皮亚琴察vs佛罗伦萨的意甲比赛并不重要，但和一顿闹哄哄的春晚直播年夜饭相比，我还是宁愿选择前者。

我常在年夜饭时设想，如果有一对贫穷的情侣费尽心思精巧策划、除夕夜也背着家人偷偷出门纵情欢爱，他和她一定是世上最热爱生命的人。谁又能确信一对衣冠楚楚、作风正派、按照日历过节、团聚、自拍的中产夫妇比一对狗男女更热爱生命？一个家财万贯、妻妾成群的土豪是否比一只流浪猫更清楚每一分每一秒的重要？

相亲相爱、阖家欢乐、年年有余的生活秩序，背后的代价是多少人被迫偷偷摸摸去做狗男女，多少条猫狗在公寓楼里养上几天拍完合影照片就被扔掉，多少一辈子盼着别人早死的诅咒和敌意隐藏在几代同堂的共生关系里？

把脏话说出口还是用领带拴进肚皮里，只涉及秩序问题，而足球的乐趣就在于，它从来无关秩序。马拉多纳、坎通纳、罗纳尔多是销魂的，因为他们一拿球就会破坏对手排兵布阵的秩序，破坏观众大脑里时间和空间的秩序，破坏电视解说员预设的台词顺序。他们是天才，也是逃犯，人类比任何一个物种都更期盼在同类里看到天才和逃犯，因为人类前赴后继地设计着日常生活的秩序，不仅徒劳无功，而且对此有着无以言表的深刻不自信、羞愧和怀疑。

法国有个名叫“妇产医生”[1]的饶舌音乐人，他认为，从妇产科角度看，足球运动受人喜爱，“根本原因是我们在妈妈肚皮里的时候总是想踢就踢。”

他是否想暗示，不受秩序、不听安排是人的天性和本能？我也常常因为足球想起娘胎问题，更准确地说，想起父精母卵的问题。

有一次在安菲尔德球场参加欧冠决赛前的媒体见面会，利物浦俱乐部出人预料地提供了丰盛的英式早餐，热腾腾的炒鸡蛋、烤培根、烤番茄、炖豆子、烧蘑菇……像一道高考选择题：

A. 上楼左手边，桌子上摆着热腾腾的炒鸡蛋、烤培根、烤番茄、炖豆子、烧蘑菇。

B. 上楼右手边，桌子上摆着热腾腾的炒鸡蛋、烤培根、烤番茄、炖豆子、烧蘑菇。

---

[1] Doc Gynéco，原名 Bruno Beausir，1974 出生在大巴黎地区，父母来自法国海外省瓜德鲁普。1996 年他的处女作专辑卖出 80 万张，歌词里各种情色和挑衅语句引发广泛争议。

C. 转过前厅的一角，迎面的长桌上也摆着热腾腾的炒鸡蛋、烤培根、烤番茄、炖豆子、烧蘑菇。

我往左走，往右走，转过前厅的一角，身着整齐制服的工作人员都在等着为我递上餐盘，或是为我掀起锅盖。但我发现自己已经站在交白卷的边缘。

哦，thank you，Sir！我永远不会独行，在这铺天盖地的英式早餐气味里，若能在味觉上获得独处的机会，将是一件多么美滋滋的事情。

脑海里突然冒出一首披头士的歌，*Hello，Goodbye*。You say yes，I say no，这大概就是我和利物浦人早餐盛情的关系。

我在远离早餐厅的发布厅里坐下，距离教练和球员到来还有很长时间。*Hello，Goodbye* 继续在我脑海里回响着。这并不令人厌烦，我是披头士歌迷，此地是利物浦。

突然想起：站在妇产科的角度，*Hello，Goodbye* 也适用于我父亲的精子和我母亲的卵子相遇的瞬间。

You say yes，I say no

You say stop and I say go go go，oh no

You say goodbye and I say hello

Hello hello

I don't know why you say goodbye，I say hello

我进而思考，父亲那颗幸运的精子在一头撞进母亲卵子的瞬间，有没有来得及说一声“Hello”？

在欧冠决赛前，这成了一个至关重要的问题。我的假设是，如果那颗精子说过一句“Hello”，或者俏皮地摆了一下尾巴，我就有希望在某个艺术领域发掘出些许个人天分，无论是我仍旧一窍不通的绘画和电影，还是自娱自乐很多年的诗歌、散文和小说。

如果那颗精子不打招呼闷着头皮只顾拿第一就撞了进去，它就是一颗功利的精子，一颗只要结果不要过程的种子，这意味着我此生在创造性劳动领域将彻底无望，只能从事其他很多人也可以从事的重复性劳动，趁着还不算老，我应该赶紧学习烤培根，烧蘑菇，炖豆子、炒鸡蛋，或许仍有希望在安菲尔德球场做个早餐厨工——尽管做一个一辈子毫无创意的厨工，也不那么容易。

转念一想，*Hello, Goodbye* 也适合我父母的葬礼。

如果此生注定与创造无缘，我至少可以设计自己父母的葬礼。小时候，每次去县城灵堂送别亲友，大喇叭反复播放的《安魂曲》总是让我几近晕厥。想到有一天父母也会在这样的声音里告别，我感到无比恐惧。

在安菲尔德球场，我突然发现，披头士的歌可以克服这个问题。

有一天父母离去，我会播放 *Love Me Do*，*All You Need Is Love*，*Eleanor Rigby*……

All the lonely people

Where do they all come from ?

All the lonely people

Where do they all belong ?

我还会播放鲍勃·马利，这个牙买加人的音乐也配得上我父母的葬礼。

Don't worry 'bout a thing,

'Cause every little thing gonna be all right.

足球和脏话的关系，父精母卵的问题，最大的帮助，是让我摆脱了关于灵魂的焦虑。

这种焦虑是当代作家专属的问题，而我只写足球，不是当代作家，我是90分钟作家。

成为当代作家的两大捷径，一是剖析人性，二是讨论灵魂问题。在当代文学里，一触及灵魂，语言就穿上了一件由远古神话、近古宗教信仰和现代心理学碎布缝合成的花衣，写作者像一个突然走上时装表演T台的乞丐，神采奕奕地展示着身上每块碎布的深邃含义。

热爱探讨灵魂的问题，是后宗教时代写作者的《圣经》病。他们巧借关怀人类命运的名义，充满令人反胃的野心，试图为叙事注入各种面相的含义，让作品成为可以诠释人类起源、现状和去向问题的手册，即使作品体现不出以上这些，也可以由书评人去体现。

我听说一些作家在人类灵魂深处触摸到了痛苦。这导致我对人类灵魂充满了警惕，也常自问：他们把人类灵魂的问题写进汗牛充栋的著述里，这是否对蚯蚓、毒蛇、蜥蜴、跳蚤、臭虫的灵魂太不公平？人类灵魂的痛苦是否比动物的眼睛更接近宇宙的深邃？是否在猫的疏离、鸟的自由、狼的坚毅、象的庄重面前占据一格更高的台阶？

如果痛苦是文学致力发掘的人类灵魂属性，是否恰恰体现了文学狭隘的一面——在音乐和足球面前？此外，我确信自己内心深处住着一条足球狗，也可能是很多条野狗，它们都是狗娘养的，如果同一个地方还住着灵魂，狗会选择啃食还是守护它？

有一次我去采访意甲巴勒莫主席赞帕里尼，他来自意大利东北部的弗留利地区，不是西西里人，一身皮肤在海岛阳光下晒得黝黑。

这是一次氛围轻松的采访，没有俱乐部新闻官来过滤问题，也没有秘书来提醒限制采访时间。我想让赞帕里尼敞开心扉，为中国读者解读这个老不死的不羁灵魂，开篇即问：

“赞帕里尼主席，您在中国特别有名气，不是因为您的球队很厉害，而是因为您总是在炒教练，不断刷新自己的纪录……”

赞帕里尼想了想，答道：“我已经70岁了，前几天我才算了一下，总共也就炒过 25 名教练，在我这个年龄，如果一辈子认识过 40 位女士，并不算过分。倒是在你现在的年龄，如果已经认识过 40 个女人，就比较夸张了[1]。”

说完以后，他一脸无辜地望着我。我忍不住笑了，他也跟着哈哈大笑。所以，采访将注定和灵魂无关，但可以预感，对话质量会令我满意，因为对话者从第一个问答开始就在“不守秩序”。

这时候我注意到他的外表，尽管已年过七旬，他仍有着粗壮的手臂，笑声洪亮有力，难怪此前还跑到一家电台接受采访，说他只需要用点药，而本国某位前总理（贝卢斯科尼）需要打针才能实现勃起。

看着眼前这位 70 岁却保持着紧张的工作节奏、成天在电视上和人吵架、在法院和各行各业打官司的足球俱乐部主席，我突然想起卡尔维诺的一句话：“死亡是确定的，生命会继续。”

这是卡尔维诺对短篇小说不变的终极意义的总结。我常常想起此言，因为它对于足球同样成立，对于一个 90 分钟作家的写作同样成立，对于一个像赞帕里尼一样以近乎滑稽的执着和近乎执着的滑稽活在足球世界里的人同样成立。

如果有一个词可以在足球场里替代卡尔维诺的话，我想起西西

[1] 意大利语里，“有过”“认识”一个女人，可以代指“睡过”。赞帕里尼炒掉的教练实际数量不止 25 个，每年都有可能新增两三个，可能他把炒过很多次的教练只算作 1 个，同时把临时带队的过渡教练排除在名单外。

里岛上的巴勒莫、卡塔尼亚、墨西拿等球队主场看台上常见的横幅：MINKIA。

MINKIA，就是本章开头乔尔吉娅说的“Minchia”[1]。这些西西里球迷到底想要说什么？抗议主队战绩不力？用脏话挑衅客队？向全世界展现西西里地方土特产？

或许都是，或许都不是——球队连续奏凯或是保级堪忧，你都能看到看台上白底黑字的 MINKIA，他们是在说：“这就是足球，死亡是确定的，生命会继续。”

脏话比我们更长寿，也比地球上的现代国家历史更悠久。我讨论过川南方言和阿根廷土话在脏话使用方法上的相同，这还不够肯定脏话的普世价值，作为语言学习者和屁话爱好者，我还要在语言学上来个中欧脏话大一统。

关于 Minchia 一词的起源，主流的说法是，它来自拉丁语词汇 mencla，即男性器官，这个词的词根则是古印欧语的 *men-，表示“突出”。

另一个说法是，西西里方言是拉丁语、希腊语、阿拉伯语、诺曼语等语言的大杂烩，minchia 的词源是“敏”，古埃及神话中男性

---

[1] 正确的写法是 Minchia，K 在意大利语里通常只用于外来词，但民间语言尤其是网络、手机语言里，k 代替 ch 已经非常普遍。

生殖的守护神，他的特征就是一根长长直直勃起的阴茎。

敏的神像旁边常有一丛丛莴苣。莴苣的野生祖先毒莴苣含有一种类似鸦片的麻醉成分，古罗马人饭后吃毒莴苣叶助眠。莴苣的学名“Lactuca”来自拉丁语，词根是“lac”（乳汁）。古埃及人还从毒莴苣白色的汁液联想到精液，认为毒莴苣有促进男性性欲的作用，于是莴苣成为献祭敏神的祭品。

在古罗马，民间语言是否也用 lac 代指精液，我没有考究。但从拉丁语系的重要成员西班牙语可以看到，乳汁“leche”在日常用语中也指精液，尤其体现在脏话中。

有一次西班牙电影女神佩内洛普·克鲁斯造访美国，受邀参加著名脱口秀节目《艾伦秀》[1]。主持人艾伦·德杰尼勒斯对佩内洛普说：“帮我一下下，我正在学习西班牙语，能不能教我一些新句子？”

佩内洛普教到第二句，“Me cago en la leche”，原话不停被鸣音打断，电视屏幕上打出字幕“我们无法翻译此句内容”。之后艾伦不再学习西语，切换到其他话题。

Me cago 的意思是拉屎，Me cago en la leche 字面上是“我拉屎拉进精液里”，看上去很脏，实际却是一句西班牙人常用的口头禅，表

[1] 美国 CBS 电视台在 2003 年推出的一档脱口秀，主持人艾伦·德杰尼勒斯主持风格轻松诙谐，因此深得大众喜爱，节目赢得过传媒业多项大奖。

示“真他妈要命！”

川南方言有一个双义词，从语义到发音都和西班牙语 leche 近似：lāi–lāi。

在川南，我们也使用弟娃儿、老二、二哥、麻雀儿、鸡倌儿、鸡儿等词语代指男性生殖器，唯有这个一半儿语一半脏话的 lāi–lāi 既指女人乳房、乳汁，也指男人那话儿。

我小时候几乎从不使用这个词，因为对它的双义感到困惑，为什么不同的事物可以有一样的称呼？后来看到 leche 在西班牙语的双义，看到莴苣令古人产生的双重联想，倒是释怀许多。

18 岁离开老家以后，我已从事实上脱离了川南俗语，即使在和父母、旧友仍有的联系中，使用的也是一种经过普通话语义逻辑过滤的方言。印象中，最后一次密集地听到 lāi–lāi 这个词，恰好是在足球场上，是上大学前的最后一个夏天。

高考前，多数高三学生都主动戒掉了足球，约好大考一完再好好地踢个天昏地暗，早上踢，傍晚也踢，像过去几年里的暑假一样。

一个掉进天昏地暗的约定。高考一过，就像斋戒终于结束，各种同学聚会轮番上演，酒精取代了足球，醉到天昏地暗。等到成绩公布，录取通知书陆续来到，又是同学之间互相组织的各种送别，还有家长们安排的应酬和宴请。

我只喜欢和女生单独约会，不喜欢同学聚会，但没有女生和我单独约会，所以我仍然每天去踢球，不踢球会吃不下饭、睡不着觉。球友更多是低年级的学生。

有一天傍晚，球场上的高三毕业生来得出人意料地齐整，加上其他年龄段的球友，我们可以进行一次大场分队比赛。按照夏日球场上的比赛规矩，一队脱下上衣，另一队身着上衣，这样双方的着装就算整齐了。

从球场上消失了好几天的复读生金三毛[1]也意外现身了，出现在不穿上衣的那一队。

金三毛是家中三个兄弟里最小的一个，胸肌发达，腰腹上略有点小肥肥，速度不快，所以球风稳健，他在后防线正中间一站，就像是我两倍的宽度和重量。金三毛和其他人一样，很高兴这一天来踢球的人数刚好，可以在大场上驰骋，而不是像人数更少时的小场比赛一样感觉跑不开。

干扰比赛的外来力量也是金三毛带来的。

他读了两年高考复读班，读到第二年，认识了女生陆小曼。陆小曼在高中时期有过好几任男友，球友里的两三位正是在和她的恋情中有了生命中第一次男女身体激情体验。

---

[1] 本故事男女主角都是化名。

陆小曼似乎对金三毛格外满意，刚进复读班没多久，便已和这个壮实憨厚的三毛哥如胶似漆。或许也和他们的复读生身份有关，班主任已不像对待高中应届生一样明令禁止谈恋爱。

球赛开始没多久，陆小曼便出现在场边。她穿了一条白色连衣裙，脚上一双凉拖鞋。我们都知道她在等金三毛，并未太多留意，在野球比赛中，比赛的开始阶段总是所有人最卖力的时候，这一天能踢成什么样，完全取决于开始阶段能否进入状态。

“金三毛——！”她喊了一声，开头很用力，结尾拖长尾音，一半是呼唤，一半是挑逗。

“马上！”金三毛赶忙回答，“我再踢一下就来。”

她每隔 5 分钟就会和金三毛重复一次这样的对话，引发了一个奇特的现象，皮球更多出现在中场，就是不往两边禁区跑，或者，即使皮球出现在双方禁区，很多球员还是选择频繁地出现在中场。倒是中后卫金三毛忠于职守，独立支撑着本方后防线，既势单力薄又英雄主义。

足球场上，中场被视为兵家必争之地。在野球比赛中，中场也是各种悄悄话的发生地。我本就司职中场，听到各种低声的议论，还有人低声地朝金三毛和陆小曼喊话，并不在意他和她是否能听到，反正我们在中场可以听到。

“这个狗日婆娘，两个我都满足不了。”

“来了，来了，换个人要得不？老子来要得不？”

“金三毛，你狗日买药酒没有？”

“金三毛，你要遭日残！”

“金三毛，爱惜身体，小心被始乱终弃！”

“哎呀，老子脚都软了，这个婆娘两个 lāi-lāi 好逑惹火。”

“仙人板板，老子这根 lāi-lāi 也遭你搞得好胀，你负责不？”

小曼的胸前不是一对豪乳，但她走路和说话时的身姿很独特，就像有两个活物在白色连衣裙下方连续不断地扑腾着——养了两只小白兔，想管管却怎么也管不住。

她开始在场边施加更大的压力，要求越来越直接，“金三毛，你走不走？”

一场倍受期待的球赛变得凌乱不堪。

“走嘛，走嘛，你不走老子跟着走。”一些人开始对金三毛提高嗓音说话。

“你带起人走了，老子这根 lāi-lāi 怎么办？”

过去几年的暑假里，我们常常在傍晚的球赛中厮杀得酣畅淋漓，身上裹满汗和土，这场在高考结束后好不容易组织起来的大场球赛，却很快被意外的不可抗力搞得无法收场。

终于，我们听到场边一声惊雷，小曼叉着腰，冲着整个球场怒喊：

“金三毛，你要球还是要人嘛？”

说完她就往校门外走去，当然是急冲冲的身姿和拖曳的脚步。

我们先是惊愕，真的很惊愕，就好像这个问题不是问金三毛，而是问我们所有人。作为喜欢足球的男生，即使今天不必做出选择，终有一天，也会有个女人叉着腰上来追问说：你要球还是要人！

惊愕之后，才是满场狂笑。不知是谁起了个头，球场内外响起“全兴，雄起！三毛，雄起！”的呐喊，金三毛拿出自己的最快速度追了过去。

一个旁观者脱下衣服，填补了金三毛留下的位置。

球赛继续进行，经过这番折腾，双方对抗能力严重下降。

过了十几分钟，小曼和三毛又出现在场边。她脸上的怒火早已不见踪影，转身回来，是因为赤裸着上身的金三毛跟着走到大街上，才突然想起上衣留在了球门边。

AC 米兰名宿马可·西蒙尼曾说过，“足球的美丽在于：1 分钟之间，你可以从一个白痴雕像变成一个英雄雕像。”金三毛在十几分钟之间也经历了类似的骤变，全场欢送他的整齐呐喊和助威声不见了，迎接他回来的是此起彼伏的嬉笑和嘲弄。

“那么快？你狗日不行了？”

“我说嘛，你还是要备点药酒。”

“有点节制，这样下去肯定要不得。”

“你那逑快，她答应不？”

“你是回来找替补的？”

“5 号下，7 号上！”

“小心铁棒磨成针！”

金三毛找到自己的衣服，转身又匆忙跑走。又好气又好笑中，他扔下一句话：“你狗日些吃 lāi–lāi，你狗日些跟老子含着！”

这句话，在阿根廷西语土话里也能找到完全一致的表达。2009 年 10 月，阿根廷国家队客场 1∶0 战胜乌拉圭，获得南非世界杯参赛权。赛后，面对此前一直批评他的本国记者，主教练马拉多纳说：

“你们全都去含着吸，继续含着吸。我就是非黑即白，一辈子没有灰色。你们爱怎么对待我就怎么对待我，继续含着吸吧！”

第六章　一时之快

少年时代不是表面看起来那么无所谓的时期。
事实上，那是一个痛苦感受很清晰的年龄。
马拉多纳加盟那不勒斯，
让我的少年时代变得没有那么痛苦。

——索伦蒂诺[1]（意大利）

---

[1] Paolo Sorrentino，1970 年出生在那不勒斯，意大利电影导演和编剧。2013 年，他的作品《绝美之城》赢得欧洲电影奖最佳影片、导演、男演员和剪辑 4 个奖，以及第 71 届金球奖、第 67 届英国电影学院奖和第 86 届奥斯卡金像奖最佳外语片。

消费主义盛行的年代，我对广告早已麻木。有一则平面广告却给我留下深刻印象，多年后回想起来，感觉仍然清新又亲切。

翻开《米兰体育报》周末副刊杂志，目录页旁边有一款运动手表的整版广告。

手表上方是 4 个圆形物，分别是篮球、足球、排球、安全套。

广告词说：生命中，总有一种运动是你所爱。

还真有球星对上述几个选项进行过比较。曾效力切尔西的科特迪瓦前锋卡卢说："足球是 90 分钟的纯粹快感，关于性爱，我不能说总是能做到这样……"

卡卢是个性格阳光的球员。我曾为《足球周刊》做过两次他的

1 对 1 专访，可惜读到金句时间太晚，否则一定请他详细阐述。

我做好准备要在一个月时间内看到同一条广告不断重复刊登直至疲惫，却迎来一场小小意外。

接下来的周末，新一期杂志出来，同样的页码，同一款运动手表。

手表上方的图片是一个色彩绚烂的场景，像太阳黑子活动模拟图，但太阳周围还有很多白子——是亿万精子奔向一个卵子的景象。

广告词说：生命中，总有一次你拿了第一。

多么质朴的成功学！这次我想起的足球人物是一位传奇教练，在意大利执教多年的捷克人泽曼。

巴西作家内尔松·罗德里格斯曾讥讽足球比赛 0:0 的比分是“一层可耻的处女膜”。意大利足球是功利足球的代表，意大利人从不为 0 : 0、1 : 0 这样的比分感到可耻。谁防守不好，进球再多也会受到猛烈批评。

泽曼是个另类，他倡导进攻，坚持以观赏足球反对功利足球，他的球队即使比分领先也会继续进攻，绝不收缩防守，这种风格当然无法保证胜率，泽曼倍受质疑，不少人说他是个“失败者”，但泽曼从来无所谓批评和质疑，他在超过 30 年的足球教练生涯里自始至终一个样子。

欣赏泽曼的也大有人在。1991/1992 赛季，在一场福贾 2 : 1 领先最终被 AC 米兰 2∶8 大逆转的比赛结束后，荷兰人古力特闯入福贾队的更衣室，激动地对捷克人说：“泽曼教练，你的球队踢法非常性感，我太喜欢了。”

又是古力特，sexy 这个词用得多棒！泽曼曾说过，“结果是偶然的，过程不是。”——这是在说足球，还是第二期手表广告讲述的精卵关系？

作为意大利足球史上的传奇，泽曼在亚平宁成为职业足球教练本就是偶然。

1968 年夏天，21 岁的泽曼从布拉格去意大利西西里岛看望在那里做足球教练的舅舅维茨帕莱克[1]。8 月份，苏军坦克开进布拉格，“布拉格之春”的血腥结局上演，泽曼决定留在意大利。大学毕业后，他担任过体育老师、水球和排球教练，又成为足球教练。80 年代末 90 年代初，泽曼率领弱旅福贾两年内从意丙升入意甲，福贾连续 3 个赛季在意甲保级成功，史称“福贾奇迹”。

2004/2005 赛季，泽曼执教南方球队莱切，让这支弱旅成功保级，是该赛季意甲进球第二多的球队（仅次于联赛冠军尤文图斯），莱切同时又是整个联赛丢球最多的球队，打破了“丢球最多球队必降级”的意甲魔咒。

---

[1] Čestmír Vycpálek（1921—2002），捷克前球员和教练，二战中一度被关进达豪集中营，二战后在一场布拉格斯拉维亚对尤文图斯的热身赛上被意大利人相中，1946 年加盟尤文图斯。此后长期效力于巴勒莫、帕尔马，退役后留在意大利从教。70 年代初执教尤文图斯 3 个赛季赢得 2 次意甲冠军。

赛季进行中，我约了这位老帅在莱切市中心的一家餐馆见面。

他说话音量像蚊子，回答简短到极致，但不是敷衍，是一种中欧气质的语义清洁明晰。

“您是否想过执教捷克国家队？”

“偶尔，出于愤怒。”

“在家里，您太太也是像您一样沉默寡言吗？”

“幸好不是，维持我活着。”

让我想起那则手表广告的问答是：

“有人说，您职业生涯一次冠军[1]也没有赢得过，您怎么看？”

“我？我也赢过几场比赛。”

小时候我喜欢看足球杂志，里面都是足球人物的成功学故事。成为足球记者早期，我也曾写过不少人物故事，或多或少地套用了流行的成功学逻辑，例如天才与勤奋的相辅相成，例如过程和结果的必然联系。

很快我就厌倦了此类文字，在足球人物中间穿梭，目睹他们的喜怒哀乐胜负无常，我认为足球不仅不是成功学，反倒是市侩成功学的对立面。

---

[1] 这里指的是顶级联赛冠军，在低等级联赛，泽曼分别率领福贾（1990—1991）和佩斯卡拉（2011—2012）赢得过意大利乙级联赛冠军。

随着时间流逝，我越来越喜欢那些被外界认为糟蹋了自己天分、没有以勤奋和谦逊的态度对待职业生涯的球星，贝斯特、马拉多纳、加斯科因、罗纳尔迪尼奥、雷科巴、卡萨诺、巴洛特利……这个名单还可以包含一长串名字。

他们中很多人甚至荣誉满身，但不管曾经如何辉煌灿烂，他们出格的言行、放纵的场外生活、懒惰的职业态度同样冒犯了全世界的成功学信徒。

人们以叹息和遗憾表达自己的不满，对他们总是抱有潜在的道德谴责企图。人们不断暗示，若是这些名字懂得兢兢业业、朝九晚五、勤俭持家，他们原本有可能超越贝利、比肩梅西，或者，也不会差太远。

为什么这些人不跳出来说：如果波德莱尔不吸毒、不染梅毒，他会是一个更伟大的诗人？卡萨诺曾说，有一次他偷偷带女孩到酒店，做爱到天明，当晚的比赛他以极其出色的表现帮助罗马 4 球大胜对手。为什么我们乐意去品读诗人在毒品作用下写出的诗行、去赞美政治伟人在梅毒发病时做出的非凡行为，甚至把这些诗行和行为写进教科书里，却无法忍受一名球员把激情从情爱的战场一路洒进足球的赛场？

对我来说，贝利和梅西是唯一的，卡萨诺和巴洛特利同样唯一，他们在足球世界里连续多年的存在就已经是一件了不起的事情，证明不止以一种方式可以成为世界级球星。

卡萨诺和巴洛特利没有实现人们期待的荣誉满身，但他们至少成为了卡萨诺和巴洛特利，球迷们在咒骂他们“脑残”“低能儿”“情商有问题”的同时，又总是叹服于他们在足球场上的神来之笔，无比热衷于在私底下讲述和传播他们的故事：卡萨诺说他睡过600—700个女人，卡萨诺和托蒂一度由爱转恨，卡萨诺有次想在队友床上拉屎……

如果卡萨诺按照励志学和成功学的逻辑去对待足球和生活，是否还能提供同样的灵感和激情，是否就肯定可以赢得世界杯、欧洲杯、金球奖？我不知道。

有一次球队从客场回来，卡萨诺在飞机舷梯上晕倒了，被查出有先天心脏疾病。得知这条消息的时候，我突然想问那些成功学信徒，如果卡萨诺曾经无比勤勉每天加练，每年踢满60场比赛，他是否会早早猝死在赛场上？是否冥冥之中自有天意，那颗随时可能崩溃的心脏暗暗提醒他，够了，好了，该放松了，把自己交给女人，别想更多……

写到精子和成功的话题，当然得提及我父亲。他的亿万颗精子里竟然有一颗成功了，然后我就从母亲的肚皮里钻了出来。

我父亲不是一个成功学高人，却曾做到一件了不起的事情，把

“成功”二字送给了自己的所有学生。

他是中学英语老师，我认识他教过的几乎每一届学生。很多人喜欢他，记得他讲课的风趣幽默，记得他对穷学生的格位关心，外出求学工作以后，他们在假期里不忘来我家做客，看望父亲，向老师讲述自己的故事。

他们从小山城之外的世界带来了各种书本上找不到的信息、故事和见解，我幼时喜欢待在父亲身边，旁听学生和他的对话。

在我记忆中，只要学生讲到自己在外面的世界谋得了一席之地，过上了今天我们爱说的中产人生，父亲一定会及时送上他的评语：“说真喽，你们都很不错，很成功。”

久而久之，每当有昔日学生来访，我都会等待着这句话出现，出现的时间或早或晚，但一定会出现。即使我把自己关在里屋认真学习，这句话出现的时候，也一定会从外屋声音模糊的对话中清晰地蹦出来，穿过木门进入我的耳朵。

成功了！每次一听到，我就会暗自欢呼。

父亲的口头禅在很大程度上消除了我在青少时期对“成功”二字的焦虑感。我知道要实现父亲眼里的“成功”并不难。或许他真的那样想，相对他自己，世界上有很多人，在外面那个宽广的世界里生活，在快速变化的时代里工作，他们过得很不错，都很成功。

偷偷发笑的同时，我也注意到父亲眼里隐隐的失落。

70 年代大学毕业回到家乡，他的人生早早固定在小县城的中学讲台上，身上的精力就像家门口的小河，在几十年里水量急速变小，不变的是长满苔藓的青瓦屋檐、泥泞的街道、古老的石桥。

长达 10 年时间里，父亲陷入了和学校校长拉锯战一样的公开斗争。他无法忍受此君的腐败与专横，一次次挺身而出公开对其提出批评。

但他又因此承受了巨大的精神压力。他选择斗争，又对自我存在形式并不感到完全的确信。这一点作用到了父子之间的价值观传输。父亲坚持斗争着，又试图让我相信，比他更为圆滑的人格才可能换来成功，在此地的小县城和外面的大社会，在过去的中国和未来的世界，这都是不变的规则。他相信在诚实做人和圆滑处世之间可以找到一条妥协之路，并认为这条路就是我应该选择的成功之路。

我从未和那个坏校长说过话，但能够亲身体会得到他的坏。他利用自己的权势到处散布谣言。即使在我的同学里，也会有人冷不丁地说：“我知道你和你爸爸很怕校长。”

爸爸害怕一个他敢于公开斥责的家伙？然后我也跟着害怕？幸好，那是一个我一门心思想着足球的年龄，我感觉不到伤害，倒是在足球场上渐渐悟出，只有足球是真正的圆。人的圆滑无以改变世界的不公，哪怕是一点点。

我初中毕业那年，上一级教育管理机构终于让校长下课了。父亲也很快将要走到自己教师生涯的尽头，他曾生病入院，白发渐增，总是说精力大不如前。斗争的胜利并没有让他彻底释怀，或许他始终不明白为什么命运要让他在压抑和愤懑中度过那艰难的10年。10年之后，盛年不再，他又获得了什么？

那段时间我对战争史感到浓郁的兴趣，买了不少书籍。我想象着那些遥远或近代的战场，看到勇者总是更容易送命，心机大师坐在后方运筹帷幄搬弄是非，懦弱和卑鄙的鼠辈四处躲藏，突然一起涌上街头欢呼胜利、迎接凯旋。胜利的含义和胜利的归属都是可疑的。我又悟出，足球场上的胜利是唯一可知的真实胜利，是属于智慧和胆识的胜利，是没有等级的胜利，是必须立即庆祝和享受的胜利。

周末出外钓鱼是父亲在职业、家庭之外唯一能找到的解脱，哪怕是风雨交加的日子他也要出门，在乡野深山里找条小河沟垂钓半日。

他很少钓到大鱼，有一次却很开心地带回家一条金色的雄鲤鱼。那条鱼长得细长又结实，和春天里卵巢鼓胀、大腹便便的雌鱼体态迥异。父亲说，从鱼嘴里取下鱼钩的时候，那鱼活蹦乱跳，弄得他满手都是白浆。

“那不可惜了？你没有赶紧弄些去水里？鱼是体外繁殖的动物，说不一定还有机会赶上！如果附近刚好有个把遗漏的卵子……”我赶紧追问。

父亲说，他的确这样做了。

“很不错，很成功！”——这句话突然就涌到嘴边，被我忍住不笑的嘴唇及时阻拦下来。

我一直没有告诉父亲，在我眼里，他真的很不错、很成功，因为他选择过直接抗争而不是圆滑鬼祟，也因为他曾试图拯救一条雄鱼的精子。

如果我父亲会意大利语，他或许可以和佛罗伦萨的旧物店老板朱塞佩成为极好的聊伴。

乌菲兹美术馆背后，距离阿尔诺河岸不远，有一条“手套酒馆街”。实际是一条长度不到100米的小巷子，过去曾有一个当地政要家族在这里开了家餐馆，餐馆标志是一个金色手套，小巷因此得名。

小巷里早已没有餐馆，更没有金手套和政要。在游客如织的美术馆、旧宫、阿尔诺河岸的包围圈里，“手套酒馆街”冷清得就像半上午躺在街中央两块青石板中间的狗屎，那些只顾拍照不顾脚底下的游客很难到这里来打搅它的睡眠，他们的鞋更偏爱别处的佛罗伦萨狗屎。

外墙剥落的房屋中间，有一家破旧的旅馆，一个裁缝铺子，和我最爱光顾的旧物店。

老店主名叫朱塞佩，来自西西里岛，是个退休语文老师。认识他的第一天，我就猜出他来自意大利南方：矮矮的个子，放松的神情，缓慢的语速，清晰的吐词，后三点都是土生土长的佛罗伦萨人身上不容易找到的。

朱塞佩的旧物店不是跳蚤市场的古玩摊子，也不是精挑细选近似文物展览的古董店。他不采购，人们把旧家具、餐具、书籍、唱片、装饰送到这里任他挑选，卖出旧物以后，朱塞佩再和物主分成。

旧物店分为里外两个房间，中间是一道玻璃门。寒冷的冬日里，朱塞佩只需要加热面积不大的里屋，一个人暖烘烘地待在那里看书，或者对一些旧物进行力所能及的清洁、抛光、修补。

外屋更多是一些即使小偷光顾也无法轻易搬走的物件，旧衣橱、大型落地灯、画框、沙发……有次我看到一个老式盥洗台，没有水龙头，却镶嵌着宝石，镜子下方是脸盆和暖壶架子，还有两个毛巾挂钩……突然感觉昨天我刚在这个没有暖气的房间里洗过脸。

我喜欢在这家小店寻找一些经久耐用又便宜的物品，汤勺、茶壶、咖啡杯……

“中国制造”的廉价商品这些年名声不太好，过去却有的是好东西。

有次找到一支“上海牌”羽毛球拍。经历那么多年日晒雨淋，竟然毫无磨损，即使我用来打了两年网球，弦线也一直保持紧绷毫无松垮迹象。

我不是在网球场上打网球，是在阿尔诺河的河滩上。Momo 和 Oliver 喜欢在松软的沙滩上跑步，然后累倒趴在地板上睡一整天。追逐网球是两条狗的至爱，在没有“上海牌”拍子之前，我的手抛球距离满足不了它们的奔跑爱好，有了球拍，每个冲刺五六十米，爽！

我还找到过一套“中国界牌”特浓咖啡杯。虽年月久远，白色骨瓷上的花卉仍然鲜艳如初。我记得幼时家中曾有一套这样的杯子，应该是父母结婚时别人所送。

在我家简陋的碗橱里，那套“中国界牌”瓷杯集中放在底层的一角，客人到访时才摆出来用作白酒酒杯。小碟则和饭碗一起放在碗橱中间一层，它们的功用是盛放蘸水。我们的每顿饭都会有一盆青菜，父母在小碟中央凹下的部分放些辣椒和盐，每个人自己用筷子拌好，作为青菜的作料。

类似的小杯和小碟，我也在很多四川人的家里见过，从没有看到谁像意大利人把小杯放进小碟中央刚刚好的凹陷处。或许，四川人都认为，那些杯碟本就是分别用于白酒和辣椒蘸水的，没有谁会去猜想，杯碟相套，其实是以出口为目的、为意大利人喝特浓咖啡而设计。

“中国界牌”是繁体字，这个牌子的瓷器是 1949 年以后大陆的重要出口产品之一。老店主却坚持说："这是绝版，日占时期的中国货。"

大战进行中，日占区的工业品还能出口欧洲？或者，可以留存到20世纪80年代我家里？我没多做争论，因为价钱真的很合适，24欧元12套杯碟。

有一天，朱塞佩似乎有话要对我说，看我专注于一套佛罗伦萨老照片，好几次欲言又止。

付款后，见我将要离去，他终于开口：

"你是足球记者，我没记错吧……"

"没有。"

"我觉得足球真是一件神奇的事情。它对年轻人的意志和气质很有促进。我有两个孩子。"

朱塞佩说到这里，我知道必须听下去，尽管那天我需要开车去科维尔恰诺，有一场普兰德利的新闻发布会。

"我的小儿子喜欢足球。从他四五岁开始，他的世界里就只有足球。他梦想成为一名职业球员，从6岁进足球学校，一直到16岁，他为这个梦想付出了很多努力。

"16岁时，他在一个第5级联赛的俱乐部踢上了球。1年后，丁级联赛的波吉邦西俱乐部找到他，让他跟队去山里参加夏天的赛季前集训。他特别高兴，终于可以成为职业球员了。

“但从夏训地回来，俱乐部经理单独找他去谈话。他被告知，俱乐部决定不和他签约。

“我还记得他当时有多痛苦，距离成为职业球员的梦想只差最后那么一步[1]。8 月份，我们全家去亚德里亚海边度假，他总是独自一人，沉默不语。有伙伴叫他去踢沙滩足球，他也不去，他说从此不要足球了。

“夏天的末尾，他突然对我们宣布，他要做一个空气动力工程师，决定去报考切塞纳的航空技术学校。

“我们有点担心，因为那个学校的入学考试很难。但踢过球的小孩，在生活里似乎有点和其他人不一样的东西，他开始着手准备，最后他考过了。

“他在学校里成绩很好，真的成了一个空气动力工程师，现在还在那边工作。我觉得，他的成功和踢过足球有直接的关系。”

“为你儿子感到高兴，朱塞佩，”我和从西西里来的退休语文教师拥抱作别，“你说得对，足球就是这样，在一块场地上没有成功，

---

[1] 意大利的青少足球体系里，14 岁以前属于类似“义务教育”的年龄，小孩可以任意注册俱乐部参加训练和比赛。14 岁以后进入层层选拔制度。一般来说，16—18 岁之间尚未被职业队相中，成为职业球员的希望就很渺茫了。朱塞佩的儿子也可以继续在业余队踢球，到处找职业队试训，但被丁级队淘汰过，去其他职业队试训签约的可能性是很低的。

总会在另一块场地上找到的。”

当我发现自己嘴里冒出“成功”二字，或“总会有成功之处”这样的语句，就得赶紧和别人告别，因为成功二字总是引发我太多联想，关于那款手表的第二期广告，关于经过父亲的手在一团浑水里下落不明的雄鱼白浆。

5 年来，我又造访过很多次朱塞佩的小店，注视过各种与破烂只有一念之隔的物件，却从未再问起过关于他儿子的故事。

记者和作家常常对他人的生活故事充满好奇，任何一段故事都可能成为素材和原料。相对于记者工作里面对的公众人物，我对普通人的生平履历却总是敬而远之，甚至别人刚一开始讲述，我就会冒出一种无法克服的负罪感。

幸运和不幸只是命运剥落的红白花瓣。在无意获知他们人生中某个幸运的片段以后，我更加害怕去获知另一个新的片段，担心那个叫做命运的总叙事人在我耳朵里刻意寻找平衡，因为我总是在片段滑落的方向看到命运那双大手无情的指缝。这些片段揭示的更多是偶然和脆弱，而非必然和强大。它们令人眩晕，就像万花筒和迷宫，没有意义的万花筒和迷宫。

所以，我更想要一个皮球、一块场地、一次 90 分钟。

当然，朱塞佩对足球激发少年个性的看法是有价值的。

有一次参加佛罗伦萨当地朋友尼科洛的私人聚会，偶遇“金童”里维拉，他是60—70年代意大利足球的代表人物，也是历史上第一位赢得金球奖的意大利球员。

尼科洛是一位版权律师，为多位世界知名作家提供服务。他的家外观不显眼、里面却古色古香，屋顶有湿壁画。菲律宾女佣送上甜点、葡萄酒和咖啡，娴熟又悄无声息地根据室外光线变化调节着室内灯光的明暗。如果有人掏出手机玩自拍，必定能轻松拍出电影截图一样的场景效果。但没有人玩手机。

我被安排和里维拉的太太劳拉坐在一起。她是一位建筑设计师，80年代中期在一个网球俱乐部遇到已退役好几年的里维拉，两人一见钟情。

“您知道吗，我第一次去参加他的AC米兰前队友聚会，简直差点吓坏了。他的那帮队友，即使上了年纪，仍然是一群超级有个性的人。之后我完全明白了，为什么是他们而不是别人赢得了那么多荣誉，意甲冠军、意大利杯、欧洲冠军杯、优胜者杯、洲际杯……”

“是的，”我回答，“很多时候，即使是球迷也对球星有误解。他们认为球星敢于展现自己的个性，是因为已经有了名气，受到骄纵，自我膨胀。事实上这是一个先有鸡还是先有蛋的问题。”

60—70年代的AC米兰和国际米兰，我还见过特拉帕托尼、阿尔塔菲尼、老马尔蒂尼、法切蒂、马佐拉等球星。即使上了年纪，他们仍然有着某种让人肃然起敬的东西，特拉帕托尼隆巴底土话里的童稚俏皮、阿尔塔菲尼激情饱满的巴西口音、老马尔蒂尼的俊朗身影、法切蒂的不怒自威、马佐拉的质朴心地……

我没有见过他们踢球，却很容易从他们身上找到一份亲切。我完全赞同劳拉的观察，优秀的运动员即使老去，也常常展露出小孩才有的执着眼神。足球为他们纯粹的存在方式提供了一种宝贵的可能，他们不是因为足球更有个性，仅仅是足球保护和保存了他们的天性与个性。

说到鸡和蛋，当然得插入一段关于皇家马德兴的成功故事。

有一段时间，在体坛网担任 CEO 的马德兴变化过好几次 MSN 签名。先是“成功男士”，过了一阵，改成“胡搞 + 猛搞 = ？”。

他私下对我透露，这是对中国足协一些倒行逆施做法的讽刺。

有一次我回国，马德兴刚好去外地出差。老马嘱咐我说，去四楼大办公室和体坛网他的手下团队见个面聊一聊，那些小孩都很喜欢我。

我不知道应该聊什么、有什么可聊。在我的人际关系中经常发生的一类情况，是他人友好的请求让我变得无聊。于是我决定无聊到底，去四楼短暂召集了马德兴的下属。

“我就是来给大家解释一下马总 MSN 签名的含义。在任何单位，揣摩领导的心思总是最核心的工作内容。从‘成功男士’到‘胡搞+猛搞=？’，马总到底想说的是什么，你们知道吗？”

我看到一双双无辜又好奇的眼睛：

“他想说的是，我领导，我成功，我胡搞，我猛搞，这等于，你们全都给我乖乖地好好搞！”

我知道自己这样说是无聊的，它完全符合市侩成功学逻辑和职场阶序规则——例如认为球星的个性来自成名后的骄纵，认为领导的脾气是职场的天气——但我又想，这样或许有助于加强马德兴对自己团队的领导力和凝聚力。那些希望通过对领导的顺从和巴结来获取好处的年轻人，可以找到更充足的理由这样做；那些在马德兴手下感到个人前途无望又不愿轻易妥协的年轻人，也可以看清世相早日辞职跳槽另寻高就。

或许他的本意就是要我来无聊一次？所以，我一直认为不辱老马交给我的使命。

马德兴是个气量很好的家伙，没有这点素质，早就被历届中国足协分别气死好几回了。他从未找我打听去四楼和下属们见面的效果，更未提及我对他下属团队发表的签名解读和看法。

等我再一次回国想去四楼巩固战果的时候，马德兴已经不再是体坛网 CEO 了，他又成为当初那个专职记者，带着方便面和香烟，为中国足球奔走全球，一个成功男士的写照。

尼科洛的家就在朱塞佩的旧物店不远处。回家的路上，我想起朱塞佩的足球励志说，还想起加缪。

学生时代的加缪原本是一位优秀门将，有潜力加入高水平俱乐部。因为患上肺结核，加缪未能继续足球生涯，弃球从文。

44 岁时，加缪获得诺贝尔文学奖，他用奖金在南法普罗旺斯小镇卢尔马兰买了一栋房子。在小镇上，让加缪最快乐的一件事，是在周末观看当地俱乐部的小孩和邻村球队的比赛。加缪甚至掏钱赞助这些小孩踢球，为他们买球衣和装备。

关于足球，加缪这样表述："坦白地说，我对伦理道德的些许了解，都是在足球场和舞台剧里学会的，它们一直是我真正的大学。"

每逢足球世界大赛，加缪的这句名言都会被专栏作家们拿出来翻炒，对"伦理道德"的解释五花八门，有公平竞赛精神，有进取心，有坦然接收失败，有团队精神……总之，怎么最符合成功学和大众价值，就怎么解释。

我认为加缪这句话，是从文学走进足球的一个谷口。

"伦理道德"的法语原文是 morale。《拉鲁斯法汉词典》为这个词提供的中文翻译是"伦理道德"，法文解释则是"ensemble de valeurs"——"价值观念的总和"。

我更喜欢法语原文的解释，也只有这个解释才能让加缪的句子拥有确切的含义。“伦理道德”可以包含上述价值但绝不仅限于一个方面，而加缪作为一个对个人信条无比执着的人，足球教给他的“伦理道德”有更深一层含义。

加缪还有一句被专栏作家们普遍忽略的话，“足球让我立即领会到，皮球永远不会飞向你设想的那一侧。这让我在存在中受益匪浅，尤其是在法国本土，人们并不直截了当。”

答案就在这个“直截了当”。

从加缪的作品不难读出，“价值观念的总和”仅仅涉及个体的存在，如果拿足球教给人的“价值观念总和”去比较那些国家、民族和社会普遍认可的“价值观念总和”、对比那些被一部分人用去控制、利用和压制另一部分人的道德体系，必定会有诸多无法吻合之处，甚至彼此剧烈冲突。

足球世界的“价值观念总和”不涉及礼貌和礼节，一切都是直截了当的，缺乏直截了当在足球世界里就是不道德。足球队里，“有话请当面讲”，是队友和队友、教练和球员关系的基本规则。

原巴萨球员阿比达尔透露过一段往事：2012 年 3 月，他再度告别赛场，接受肝脏移植手术。恢复期中，阿比达尔曾在赛前发送过一段视频给队友，“加油，伙计们！”

然而，梅西恳请他，“请不要再给我们发这样的东西了，对我们是损害。”

在足球世界里，这样直截了当的对话是成立的，是正常、中性甚至友好的。阿比达尔在更衣室里受人喜欢。巴西人阿尔维斯甚至告诉阿比达尔，如果阿比达尔找不到供体，愿意捐献自己的部分肝脏给他。然而，正是因为这份感情，队友们无法带着沉重的心出场比赛。

“我觉得我恢复得很好，”阿比达尔说，“但有好几个队友看到我消瘦的样子受不了，他们让我明白，我看上去就像一具尸体。”

在其他哪一类人际关系里，我们可以不带冒犯地让另一个人明白，他看上去就像一具尸体？

加缪令人佩服的不仅是他作品的伟大，更在于他的存在方式和清晰个性。加缪和萨特不睦，他和整个巴黎的上流知识界存在不小分歧，作为一个年纪轻轻的外乡人，他从未有过惧怕。

门将或许是足球场上最形而上的位置。加缪一生中经历的那些混乱、矛盾、纠纷、争议、骂战、毒舌，不就是对方前锋的各种攻门形式？角度很正或很刁的劲射、混乱人群中的捅射、狡诈地骗过裁判的越位单刀、充满挑衅的挑射、隐蔽的手球破门……

他需要反对，他始终得反对，对手是危险的，队友也可能是危险的，一切情形都可能成为危险，他必须反对，一个门将要永远凭借一己之力去抵挡一切，抵挡所有人。他是独自镇守最后底线的绝境卫士，同时，虽然身处绝境且常常落单，他却比场上任何人都更缺少绝望的神情，好门将就是坦然、稳健、沉着、疯狂、奇迹的同义词，用反抗捍卫希望，因反抗而坦然，即使被反复洞穿、漏洞百出也不放弃反抗，为反抗时刻准备着，继续反抗就是继续活着——L'Homme révolté[1]。

和我相熟的一位原足球媒体从业者，后来投身商业期刊。有一次他去采访王石，王石说他喜欢读哲学，尤其喜欢“存在主义”。

老友赶紧在采访间歇从厕所里致电“张天师”张晓舟，“请你用一句话告诉我，存在主义是什么？是不是说，存在的就是合理的？”

张晓舟无言以对。

确实有人试图用一句话概述“存在主义”，在一篇谈到萨特、加缪一代人的文章里，著名书评人云也退[2]写道：

如何以一句话证明你懂存在主义？简单，只需把萨特和加缪的两句名言连起来：他人是地狱，所以，独自推石头上山的西绪福斯是幸福的。

我不想论证这个解释是错的，但确实为之感到不安，不仅因为萨特和加缪之间可拼接之处远远小于不可拼接之处，还因为拼接的

[1] 中文译为《反抗者》。1951 年出版，全面阐述加缪反抗思想的理论作品，“我反抗故我在”，这本著作与《西西弗神话》前后辉映，也让加缪和萨特的矛盾走向顶点。
[2] 2018 年 2 月 8 日，微信公号“云也退”，《光荣与浪漫，都属于存在主义的法国》。

后半部分让西绪福斯有了逃避“他人地狱”的嫌疑，失去了反抗一切的本色。

我想问，一个博学多思的现代人，是否比一颗象征着原初和原始的精子更懂存在主义？

在精子短暂的存在中，在那场生命的赛跑中，一颗精子面对的是其他亿万颗精子构成的地狱，它没有亲友，没有可以抱团互助的兄弟姐妹，没有组织可以依赖，没有家国给它勉励，没有鸡血可以补充，它只有一条尾巴，拼命地向前游，孤独地向前游，它只有一个方向，那就是逆流而上。没有领奖台，亚军就是最后一名，精子光荣伟大且又短暂的一生，是 aut aut，也是西绪福斯。

足球和加缪的反抗精神是统一的。

反抗是人的本能，以反抗作为存在形式，是在一个扼杀本能的时代捍卫本能。成功学人士最爱强调的内容之一是“隐忍”“不逞一时之快”，但在足球场上，即使你正在防守，任何半点“隐忍”和缺少反应，都是自杀。足球要求你总是去回应，总是试图做出最好最强的回应，总是去寻找一时之快，即使失败，也坦然接受，而且马上重头再来，这是我对加缪“直截了当”的反成功学理解。

反抗的时机，就像禁区里的射门机会，稍纵即逝。

一个月时间里，我连续 3 次在佛罗伦萨机场被警察拦下。

他们在抽查。在一群旅客里，我肯定是被抽中的那一个。

我也曾一个月内3次降落在伦敦、马德里、巴黎、米兰、罗马，唯有在佛罗伦萨，反复享受这个特殊待遇。

很多意大利人的口头禅是，“我不是种族主义者，但是……”

按照这个常用逻辑，警察叔叔不是种族主义者，反复拦我仅仅是因为：在同机到达的人群里，欧美白人旅客占多数，我是少有的亚洲人，少数是可疑的。飞机旅客里的少数亚洲人不比更少数的黑人更可疑，但总还是比更多数的欧美白人更可疑。

此外，一个衣着简单的亚洲人，拖着个大箱子，不像随时准备好掏出相机拍照的新富阶层游客，也不像坐下来就可以精神百倍地进入商务会谈的外贸经理人，这更加可疑。

警察走过来的时候，甚至连“晚上好”也说得很勉强，这个“好”字本也多余，他并不希望我很好。如果我很不好，行李箱里都是冒牌假货或海洛因，他甚至有可能立下一功得到表彰和晋升。

可是，行李箱里都是充电器、电源线、衣服、笔记本、袜子、书报。

翻看我的护照和居留卡，仍然找不到可疑之处，警察问：

“您从哪里来？”

“波兰。”

“去做什么？”

“看足球比赛。”

“只为了看足球比赛？”

“是的，您还想要我在那边做什么？”

“现在去哪里？”

“我家。”

“您家在哪里？”

“在佛罗伦萨。”

“您做什么职业？”

“智识卖淫。”

“什么？”他惊讶地抬起头。

“您问我做什么职业，我的职业是智识卖淫。”

“是什么意思？”

“足球教练穆里尼奥说，意大利记者做的工作是智识卖淫。我也是记者，我觉得穆里尼奥说得有道理。我们是一群可疑的人。不是吗？”

警察愣了半晌，把证件还给我：“您可以回家了，祝您度过一个愉快的夜晚。”

我没有立即回家，而是留在原地，带着对物品无限的敬意，把从来都是一片乱糟糟的箱子内部物品整理得整整齐齐，就像马上要送上展台一样。

警察在一旁假装准备拦截下一个可疑的旅客，但一直没找到合适的目标，倒是回头看了我好几眼，在我合上箱子离开的时候，他又准时地回过头来，温柔地说："祝您度过一个愉快的夜晚。"

足球受人喜欢，因为它是日常生活的对立面。

日常生活并不直截了当，所以它注定是不公正的。足球的哭和笑、庆祝与咒骂、拥抱或敌对，都是直截了当的——这份直截了当的快感就是现代文明人的避难所，人们可以自由地通过足球控诉不公正，又在某个瞬间达成某种关于公正的共识。

甚至足球场上的互骂，也可以促成关于公正的共识。

2016 年 1 月的一场西班牙国王杯比赛中，西班牙人队落后同城死敌巴萨，即将被淘汰。

西班牙人球员阿尔瓦罗有点输不过，想要挑衅梅西，把手平放在胸前说："你就是个小矮人。"

"你踢球水平很烂。"梅西回答。

阿尔瓦罗想了想，上去对梅西说："我觉得咱俩说得都对。"

两人爆笑言欢。

这是足球对"直截了当"和"一时之快"提供的经典剧本。

常有人辩论说："都是自由还得了？都随心所欲还得了？都一时之快还得了？我可以自由地杀人吗？我可以随心所欲命令你们去吃

屎吗？”

我的回答是：“人类历史上，从来都是压制自由的人制造了更多的屠戮，一说起自由就想起随便杀人，一提快感就是命令别人吃屎，只说明你的内心太多阴暗、太多恐惧，或是你已被恐惧自由的阴谋家成功洗脑。”

足球让我明白，一时之快和自由，都是我们生活中来之不易的奢侈，需要热情和投入，且不能总是计较得失。

18岁时，我离家上大学，父亲对我打了很多预防针，关于“为人处世”“隐忍”“不要逞一时之快”“韬光养晦”。为了不让他担心和难过，我避免把此后很多年收获的一时之快与他分享。例如，我曾奇迹般地在同一天时间里，从足球场和日常生活分别收获到一次“一时之快”。

1999年，大学二年级暑假，我留在北京打工。家里已经没钱了，从20岁起，我开始自己养活自己。

20岁的心每天在翻着跟头，一边是独立的兴奋感，另一边是孤独的煎熬。

来到北京两年，我已经明白，这个城市很大，无论往哪个方向走，都看得到很多穿着各式制服的陌生人。城市是最虚伪的共生方式，如果一个穿着制服的人突然死去，重要的是第二天有人穿上他的衣服继续出现在同一个地点。智利诗人尼卡诺尔·帕拉说过："死人也会死，死尸只是过渡体。"是的，在大都市里，我们生死都只是职位和制服里的过客，在活人变成死尸的过程中不停换衣服。弥留之际，我们被送进医院大楼里，先换上病号服，断气以后，又穿上丝绸做的寿衣。一直到成为骨灰之前，我们都在根据他人的规定换衣服，这是为什么他人即地狱。倒是天葬者逃脱了这地狱，他们死后脱得一丝不挂，随鸟儿去了天上。

在这里我能找到自己和语文老师朱塞佩的儿子之间的共同处：他在足球梦碎后奋发读书，成了一位飞机工程师；我在对城市、都会、集体、身份、归属、社会等名词快速幻灭的同时，紧紧地抓着足球这根稻草。

闷热的天气持续了一整个夏天，宿舍里燥热难眠，每晚大约能睡着 3 个小时。

天刚亮，我就去操场上跑步，那是一天中唯一浑身感觉通透的时刻。然后骑单车去打工的地点。如果下午回学校比较早，就去操场上找人踢球。

学生大都已回家，球友是学校附近的居民。其中一些明显是北京土生土长的工人，地道的京片子，各种冷玩笑，良好的足球技术功底，丰富的比赛和打群架经验。和他们一起踢球，除了打群架的本事，我在其他方面都得到了提高。

人不多，我们玩的是小场足球，没有门将，只有场地两端的小门。两队进球不会少于两位数，我也总是有进球，有时候一场进好几个。有那么一个下午，我收获了一个快感十足的进球。

我被分配在右路。对方的左后卫是一个特别老练的家伙，不拘言笑，他年龄至少比我大 10 岁，出脚不如我灵活，每次我用右脚外脚背把球往边上一拨，他会被晃过，但他也一定可以实现干扰，让我晃得很不舒服，等我勉强冲到底线起脚小角度射门的时候，他总是能及时回位堵住那个小门。连续两次射门都被他挡出。

接下来，连续两次，看到他已回堵球门，我没有起脚射门，而是在底线附近扣回皮球，试图在空隙里横传给另一侧的队友。但他经验真是丰富，随即又抢出两步堵死我的传球路线，让我进退两难。

我很懊恼。在很多个这样的下午，一个难缠的后卫可以让你彻底崩溃。我必须从他身上找到快感，哪怕一次也可以。

我决定铤而走险玩一个新花样。又一次突破，在底线附近假装小角度射门，看到他伸腿堵门，我把皮球往右侧扣回，再背对球门回带半步，抬头侧望佯装寻找接应的队友。我用眼睛余光扫到他已经前移两步离开球门，突然后脚跟射门……

我完全背对着球门，并不知道球有没有进，只听见他大叫一声，“我操！”然后转身去捡球。

在没有球网的野球场，一个重要潜规则是：如果球没进，射失的攻方球员必须去把皮球捡回来交给对手；如果球进了，则是守方去捡球。

学校后门有一家名叫“西蜀豆花庄”的川菜馆子。我的晚饭是一碗担担面和一碗红油抄手，5 块钱。

一时之快也是持久的快乐。打工的疲劳、未来的迷惘、一切都变得不重要。我又笑了，笑得满嘴红油。

晚上在寝室里自习了一阵，我想起那个进球，还有一点意犹未尽，伸脚去拨弄着书桌下的皮球。

门没有锁。有人敲了两声，就推门走了进来。

我认识他，他不一定认识我。他是北外学生会主席，英语系大三学生，来自黑龙江，长得高高瘦瘦，名字却叫“壮”。

壮壮戴着一副黑框眼镜，穿着长裤和衬衣，显得比穿着足球服的我大了 10 岁。

在我们青少年时代的同伴里，普遍存在此类和足球没什么关系的家伙，他们生来就是一副老态，并且一直努力去维持看上去比同龄人大好几岁的老态，他们说话的时候，总是试图往语气和词汇里加入重要的含义，所以，我既害怕他们的亲近和抬举，也鄙视他们的友谊。

同时，我还憎恶他们的既得利益。在那个年代，网络不发达，每天都有人打电话到学生会，找北外学生去兼职。学生会头目守着电话，可以轻松地为自己挑选出各种肥差。对加入组织没有兴趣的外围人士像我，只能每天去楼下看告示栏，或者等待朋友的朋友介绍机会。

壮壮的意外造访既不是想亲近我，也不是来送上一份兼差，更不是为了建立友谊。他就像肩负着革命重任，来寻找同道的支持。

“可能大家都已经看到了，GRE 报名的事情，现在西院、东院都已经来了很多人，据说还有好多在往这边儿赶，如果我们不去现场做一些疏导，很容易出乱子。”

我解释说，暑假的每一天都很珍贵。因为我要打工挣学费。如果没有挣到足够的钱，我不知道下学期该怎么过。

“我明白。你看看吧，这件事情来得太突然，情况也很紧急，我觉得，作为北外的学生，这是一件义不容辞的事情。”

我听到“义不容辞”四个字，差点就爆笑出来。

1999 年发生在北外的数千人连夜排队报名 GRE 事件，和那一年我目睹过的其他事情一样突如其来。

北京的西三环北路把北外校园分为东院和西院两个部分。GRE、TOFEL 等考试的报名点在西院。下午踢完球回宿舍楼的时候，我确实看到不少人出现在操场边，到了晚上，从走廊的窗户里也能听到一堆人在操场里喧嚣。

听其他寝室的学生说，GRE 考试改革很快要改为“机考”，由计算机从题库里随机调取考题。在印好的试卷上作答的传统“笔考”只剩最后 1 次了。据说机考会比笔考更难，很多打算去美国念大学的中国学生都急着要参加这次笔考，排队的学生很多是清华北大的[1]。距离报名日还有整整 3 天，有人直接拿着帐篷过来。

所以，他们来这里不是为了踢球，而我对足球之外的群体事件都不关心。他们来自清华还是北大，他们是否在赶考前短短两个月去美国大使馆喊过口号扔过石头，他们是机考还是笔考，他们是单身还是有女朋友，他们喜欢异性还是同性，他们排队时有没有便秘腹泻，他们在炎热的天气里是否外阴瘙痒，和我不是义不容辞的关系。

有人已经在操场边缘搭起帐篷，这倒是让我很担心，他们可以把帐篷搭在操场周围的跑道上，但绝对不能搭到跑道内的球场里，足球场神圣不可侵犯！

现在，壮壮来告诉我，我有一件“义不容辞”的事。

我想告诉他，是的，足球场神圣不可侵犯。不过，如果他们要约北外学生一起踢场球，或者把大操场划出很多块小场，组织一个

---

[1] 后来的历史证明，1999 年发生在北外的这一群体事件纯粹是人造恐慌，尤其是那些提前一两年赶考的学生没有占到太多便宜。1 年后，中国赴美考生找到了 GRE 机考对策，当时 GRE 题库考题数量有限，不少考生把考题带出考场，放到“机考经验”网站交流，一时间，中国涌现出大批 GRE 满分、超高分学生，甚至连以往漫长又痛苦的应考准备期也缩短到短短三个月搞定。

历时 3 天的赛事，我会很支持，足球是一件义不容辞的事。如果他们愿意在等待 GRE 报名的时间里搞一次足球伍德斯托克，那就不仅是义不容辞，我还愿意放弃暑期打工，愿意不去考虑下学期的学费，愿意去帮忙清空两个大教室，改建成球队更衣室。

我什么都没说，因为壮壮缺乏表情的双眼正透过黑框眼镜望着我。我从来没有在足球场上遇到过他，确信这家伙不知道足球的神圣和球赛的义不容辞，不确信他和他的英语系同学是否都知道伍德斯托克。

但我需要回答他，他带着一个笔记本，准备好记下每个义不容辞的北外学生寝室号和名字。

我看到了桌下的足球，就在我脚边，刚才我还在拨弄着它。这时候，我发现壮壮又朝屋里挪进了一步，不再像适才一样用高高瘦瘦的身体堵着 421 寝室门。

这是怎样的天赐良机啊！哦，神圣的一时之快！我和你只有一脚射门的距离！

我随即用左脚把皮球往回一拉，内脚弓把球往寝室门推送出去，为了保证它可以绕过壮壮的双脚，即使距离超短，我还在脚腕上使力试图给皮球上加一点旋转。

我的足球生涯中有过很多次这样的射门，在天赐良机面前欣喜若狂，一脚出去却不着边际，例如曾在离门 1 米处把球射到横梁上。

这次算不上不着边际，因为书桌、我、壮壮、门和墙壁都在狭小的空间里。皮球击中了门边书桌的一脚，改变方向撞上朝里打开的寝室木门，那扇年龄比我更大的木门疼得叫了一声，然后皮球又弹到壮壮的裤腿上。

壮壮惊愕万分，他伸手去给裤腿拍灰时，原本像是已经停在原地的皮球又动了，缓慢地滚出寝室门。进了！换到正式的球场上，就像一个前锋射门，皮球先击中左侧门柱，再击中右侧门柱弹回场内，但恰好又击中守门员的屁股，重新改变方向入网！

射手榜上，应该算是我的进球，还是壮壮自摆乌龙？皮球飞行的路线也曾令我惊愕，但结局是完美的。无论在什么样的场地、场景和对手面前，在世上各种各样的“一时之快”里，射门破网的滋味总是最爽。

壮壮没有再对我语义深沉地强调义不容辞，也没有和我争论这粒进球在射手榜上算谁的，他转身就走了，去下一个寝室敲门。

这次是我去捡球。

第七章　越位鼹鼠

关于生活世界的很多真相都记录在烂书里；
它们仅是文笔烂而已。

——若瑟夫·罗特（奥地利）

电话在裤兜里剧烈振动起来。

是报社老领导。不能不接。

“勤伯，你在忙吗？”老领导问。

“没关系，我在图书馆，出去打给你。”

我不忙，我正在图书馆里看脱衣秀。

那是 2009 年初春，我在米兰居住的最后一年。房租上涨太快，我已从圣西罗球场附近搬到米兰南郊的小镇上。新的住处同样会在白天停止集体供暖，我在家附近找到一个名叫“大农庄”的图书馆，可以去那里写稿和学习。

米兰所在的波河平原有一种名叫"Cascina"的传统农庄，通常是空旷原野中间的一栋大房子，砖木结构，最多不超过两层，楼层很矮，但面积格外宽大，可以由两三个建筑体组合而成，形成一个开放的院落，屋檐下常有长长的门廊。过去的年代，农庄主人、仆从、牲口一起生活在这样的地方。

米兰南郊的镇子洛扎诺把当地的一个大农庄改建成了图书馆，底楼是阅览室，二楼有很多座位。在没有写稿任务的时候，我的"学习"，就是频繁地从书架上取书翻阅，然后打开电脑，新建一个文档写写画画，最后不做保存。

偶尔我也尝试做一些翻译，作为练笔。数量不多的习作里，我曾翻译过匈牙利作家瑟尔伯·昂托的一部短篇小说，名为《图书馆》[1]。

里面有这样的片段：

在青春即将逝去时，我回看那些幸福的日子，若要挑选最美丽的片段，当是巴黎国立图书馆。我不会否认在童子军营地守夜也曾无比快乐，还有在奥地利高山上第一次爱的拥吻，尽管那时我仍是个孩子——我从不会对爱与自然生厌。然而，最美好的时刻都留在国立图书馆，尤其是冬日的傍晚。

---

[1] Szerb Antal，Szerelem a palackban，Magvető Kiadó，Budapest 1963。

或许，法国即是一种斤斤计较的美感。将思维引入秘境的拱顶下没有任何照明，那样做或许意味着浪费。仅是一盏盏彼此间距极度理性的绿色罩灯高挂在书桌上方，只有你几乎什么都看不见时，它们才会被打开。灯光立即加剧了那里的凝滞，沉闷的嗡嗡声里带着发烧状的兴奋，闭馆在即，每个人都命系于能否读完接下来的50页。只听见书页翻动单调的节奏，或是从那全知全能的管理员统治的取书台处偶尔传出的某个特立独行的老学究的抗议声。

……

尽管是第一个下午，她已在图书馆里感觉很自在。或许，在图书馆所展现的井井有条、值得依赖且目的单纯的学术世界里，她的敏锐和羞涩得到平静的呵护。知道一切皆在其位，超然且与个人无关，多么令人感觉被抚慰！情绪和欲望来来走走，就像那许多愚蠢的游客，但书页永留原地，慈祥地等待着在未来的世纪里被翻阅。公车、出租车和地铁以疯狂的速度冲刷我们，广告标语叫嚣着物质生活中每一个肮脏细屑的变化：图书馆驻守着纯净与真实。

短篇小说里的“她”，是一个家教很好、“长得特别美貌”的女孩。在表姐家的聚会上，她暗自爱上了在巴黎留学的男主角。

两年时间里，女孩通过匿名邮包和男主角进行着一场精致细腻的情感游戏。

她寄给他奇奇怪怪的物品，例如在硬纸盒里用脱脂棉厚厚包裹起来的一朵秋番红花；或是某个圆舞会的请柬，用男主角辨识不出的笔迹写着“我会到那里”；或是一枚老式领带搭针，且算准了在男主角的命名日[1]到达；或是除夕夜寄达的一枚米老鼠徽章；还有一次，邮差给男主角送来一个散发着香味的信封，里面是一张盖过戳的布达佩斯公交车票。

在“大农庄图书馆”翻译此段别有滋味。这里是巴黎国立图书馆的对立面，没有建筑的美感，也没有思维的秘境。除了现代铝合金玻璃窗和窗外春天的草地，“大农庄”里的一切都是简朴实用又陈旧的共生关系，砖柱、红瓦、木梁、方形窗格，让人怀疑它们在每天的开馆时间里都会礼貌地憋着气，等到闭馆后又赶紧回吐和重温一百年以前的牲口棚子味道，找回过去那个温暖感人的集体。

馆里的年轻人都是镇上的学生。他们来这里更多是为做功课寻找群体环境。很少看到有人流连在书架前，对页面发黄、边角起皱的人文学科旧书、经典文学作品感兴趣，他们的课桌上摆放的大都是课本和讲义，金融、财会、测绘、医学等学科居多。

这个镇子的 4 万居民大多数是中下层工薪族，每天在米兰和郊

[1] 命名日是和本人同名的圣徒纪念日。在匈牙利，命名日的庆祝活动几乎和生日相当，孩子们在命名日带糖果去学校和同伴分享，男人往往会收到一瓶酒作为礼物，女人得到的礼物则是花，如果命名日恰逢一些人数较多的名字，花价甚至会上涨。

区之间钟摆往返，工薪子弟以懒散又实用的态度时刻准备着加入其中，如果不能加入钟摆大军，至少也可以成为失业大军的一员。

图书馆的底楼阅览室，每天上午会准时有一群老人围着报栏聚成一圈，最爱传阅的读物是粉红色纸张印刷的《米兰体育报》。很少有老人到二楼来找书。

唯有一次例外，一位约莫60来岁的老先生取了一本厚厚的英语词典，坐到正在学习的男孩女孩中间。他戴着老花眼镜，神情凝重地端详着词典，时不时以慢吞吞的语速、疲累的嗓音、蹩脚的意式英语念出个把词条。

学习室里的年轻人哄笑一片，但老先生毫不理睬，他继续翻看英语字典，在年轻人好不容易停止哄笑的时候，突又发出一声长长的叹息。他仍旧不理会哄笑，继续埋头寻找新词。

有一次他念了一个单音节词，听上去像是cush，cosh，或coch，有点奇奇怪怪。老头读到词条解释的末尾部分——“used for eating people”。

我大吃一惊，竟然有什么东西用于食人！

琢磨了很久，仍然不得其解。根据发音上网搜索，找到一个叫cosh的词，铅管，短棍，常用来打人——used for hitting people。

没错，就是它！h在意大利语里不发音，打人就这样变成食人。

Italy，Eataly.

或许，小镇上的人对这家图书馆有着某种特别的感情，将其视作免费的舞台。辣妹脱衣秀就发生在英语秀之后不久。

有一天，学习室里出现了一个黑衣女学生，身材格外妖娆。她比别人穿得都更轻薄，上身是一件半透明的罩衫，牛仔裤把腰臀裹得紧紧绷绷，走起路来一扭一扭，高跟鞋让木楼板发出招摇的呻吟，像窗外春天刚刚发出嫩芽的小树，执着又娇滴滴地呼唤阳光和雨露。

她不停地起身去二楼另一侧，然后又回来。她肯定不是去书架上找书，因为她从来没有带回任何一本书，或许她去的是书架的尽头，那里有个厕所。

和食人老先生一样，她也对周围的年轻人有着直勾勾的想法。她迷离的眼神有点像在场边问男友“要球还是要人”的川南妹子——她的欲望并不指向一个特定的男生，而是所有人，不仅是所有人，还包括所有事，她想成为所有人和所有故事里欲望的所指。

很显然，火辣的穿着和频繁起身走猫步并没有让她达到目的。她需要上演更精彩的剧目。

书桌上的文具和讲义夹发出一连串预告性的响声之后，她急匆匆地走到学习室的角落里，好像对什么事情生了气。

是的，她对天气和自己的外套不满意。她觉得热，在这个大多数男生仍然穿着夹克或长袖衬衣的上午，尽管低腰牛仔裤上方面积不小的肌肤一直和空气发生着赤身接触，她仍然觉得燥热难当。

她先脱下半透明的黑色外套，放到旁边的空座靠背上。然后，她侧身面对着整个学习室，准备脱下仅剩的一件浅蓝色紧身小罩衫！

所以，她忘记了季节和场合，打算在图书馆里只穿胸衣学习，像在夏日海滩或自己闺房里一样？

她像正在夜总会舞池中央表演的职业舞女，双手抓住衣角时，刻意停顿了片刻，吊足观众的胃口——我可以肯定，所有人都认为她这一脱将裸露出整个上身，或许只剩一件文胸，或许什么都不剩。

她终于这样做了，观众上了当。

浅蓝色的小罩衫下方，还有一件颜色一样的紧身低胸薄衣，紧紧裹着她的肉体。

她的低胸薄衣里是否还有内容，她是否准备好像剥洋葱一样一层层地脱下去？

之后的事情我不再清楚，因为我已收拾好电脑包，离开图书馆，去外面的长椅上致电老领导。

老领导说，纸媒走到今天，在网络冲击之下，很多路子已经没办法往下走了。刊物过去侧重于做体育赛事资讯，现在应该更强调和偏重弘扬体育价值观。这方面的内容，我过去曾和他有过交流。比较长的一段时间以来，他一直认为我是最适合出任报社旗下刊物总编辑的人选，但他不知道我的人生打算，希望我和玮商量一下，如果可以，就立即回国，尝试新的职务。

午饭的时候见到玮，我告诉了她报社的事，我们并没有多做商量。时间是宝贵的，所以我也绘声绘色地对她详述了在图书馆里目睹的即兴演出。

我不想过多解释，为什么会缺乏去一个富有名誉的报社做主编的兴趣。最根本的原因，或许是我和玮缺少人生打算。正是因为不想要必须去打算什么，我们才决心要远离每个人都在打算着什么、希望成为什么的世界，所以，“成为什么”无法把我吸引回去。

2003 年离开中国来意大利以后，2010 年从米兰搬来佛罗伦萨或许是我们做过最接近“打算”的事情。在意大利北方住得太久，越发强烈地感到对意大利中部尤其是托斯卡纳缺乏了解，于是就搬来了。

每年春天的花粉季节，我会被过敏症折磨到头晕目痛昼夜难安。这时候，我们会计划未来搬去某个海风干爽的海岛居住，例如西属加那利群岛。这也算得上一个“打算”，但干爽的海岛和我工作的足球世界相隔遥远，所以，仅是说说而已。

我唯一清晰的感受是对报社感到一点点难过。工作一些年以后，自然会对所属的团队、报纸、杂志产生感情。或许我确实可以在不同的位置为报社做一点什么，或许那张越发固守原地缺少变化的报纸确实需要我提供别人无法提供的那一点点什么。但是，这意味着我将回到一个自己一直在试图远离的世界。很不错，很成功……

为了表示出足够的敬意和礼貌，我等了好几天才给老领导写了一封信。大致意思是，对于一个 29 岁的年轻人，能得此厚爱，实在感激。很可惜，我的人生目标是成为一名作家，并一直为之努力着，尽管成功的希望很渺茫，但我还是希望去试试。此外，我个人的特点也不适合搞统筹组织工作，另外有个别同事在能力和个性方面都比我更合适这个关键的位置，希望领导考虑他。

过了一段时间，老领导也离开了报社。此事没人再提起，也没有其他人知道。

时间过去快 10 年，事实已经证明我撒了谎。我没有成为作家，也没有为这个目标努力过。

对于体育价值观的问题，我倒是想过那么一点点，且反复去想那么一点点。体育精神这个词是一个宇宙，每个人从里面得到的启发和收获可以截然不同。

我喜欢古希腊人在奥运会上对“重复”和“专业”的鄙视：一个人成为奥运冠军，会得到欢呼和拥戴，但一个人重复参加同一项目的比赛，哪怕是他连续 3 次都拿到冠军，迎接他的却是嘘声。

相对而言，现代奥运的“更高更快更强”口号并不是什么了不起的奥运精神，这个口号更适用于自动化生产和智能机器人研发。

我大概是上高中的时候从报纸上读到关于古希腊人的那段内容。从那以后，我对任何“专业”和“职业”的外表都持有一份深刻的怀疑。

阿根廷有一个热爱写作的足球教练安赫尔·卡帕[1]，他曾说：“我很讨厌听人说什么伟大的职业人士。我宁愿和街区里的丑姑娘做爱，也不要和擅长假装各种呻吟的职业高手做。如果有人跟我说谁是一个伟大的职业运动员，我会深感悲伤，我更喜欢听说谁是一个伟大的业余运动员，他踢球的风格就像还在自己街区球场上一样。”

卡帕的话像是在说梅西和伊涅斯塔。他们时常在球场上找个角落彼此传球，用最简单的动作，像刚开始学踢球的小孩一样，你来我往反复传递很多次。队友不去打搅他们，对手也时常发愣，在一旁沦为看客——这两人到底想要做什么？

他们确实没想要做什么，两个彼此传球的小孩真的不想做什么，他们只是想继续传下去，在 8 万现场观众和全球上亿电视观众面前，继续玩着最简单的彼此传球。

他们的传球是职业足球的一种技战术流派和风格吗？这就好比文艺评论家们非要把某个作家的一系列神来之笔总结归类为某种

[1] Ángel Cappa，1946 年出生在阿根廷布兰卡港，整个球员生涯都效力于家乡球队奥林波。退役后执教过竞技、飓风、河床等俱乐部，也曾在西班牙执教拉斯帕尔马斯、特内里费等俱乐部。热爱写作，出版过至少 3 本足球主题书籍。

“技法”。伊涅斯塔严重反感自己被贴上“拉马西亚青训系统出品”的标签，他说，“我小时候在村子里踢球，就是现在这个风格。”

我认为卡帕的话对于足球写作同样成立。在某些公开场合，有人介绍我是“职业足球记者”“优秀的职业人士”，我会感到羞愧难当。因为我写体育，不是为了体现自己很专业或者很职业。我写体育是为了业余的、童真的、即兴的乐趣，如果没有乐趣，为什么喜欢体育、书写体育？

曾有人说过，足球是世界上最有趣的一件没用的事情。对我来说，没用的事情却是最不可缺少的，且不仅是足球。

我不是一个嗜书如命的读书人，也不是一个奋笔如飞每年可以出版不止一本作品的写作者或译者，更不可能做到像蛋民领袖马德兴一样围绕着“中国足球如何搞上去”占据一期报纸三四个版面。马德兴每一天都从职业体育记者的角度为中国足球操着心，而我每天需要花费时间去操心很多没有用处和意义的事情，既然没有用处和意义，它们肯定不崇高，但对我来说，无用处、无意义和不崇高就像吃饭和拉屎一样不可缺少。

举例说，我曾认真地思考，“我拉屎”这件事，是不是一个客观事实。

这段思考来自阿根廷音乐家卡拉马罗的一句歌词：“我们都是第三人称的阿根廷人。”

那么，我们是否都是第三人称的河南人、四川人、中国人、亚洲人、现代人、中产阶级、父母、子女……？

高行健说过，现代小说就是你我他的三者关系。他没有阐述得更开。我的扩展思考是，从 19 世纪末至今，各种名义包装出来的“公共性”“公共生活”“公共事业”带着强大的机械力侵入、统治个体生活，从东到西，无论你经历的是哪个地域哪个时段的历史，你和世界始终处于激烈的“你”“我”对话中。表面上，现代语境中的“你我”对话给了个体某种主动性，实际上，每个人都只是一个数字，一颗螺丝，一个任由看不见的力量摆布的“第三人称”。我觉得今日中国人们爱提及的“中产阶级”一词，就符合上述你我他悖论。

有一阵子，我对西班牙北部的巴斯克语产生了强烈的兴趣。巴斯克语是欧洲大陆现存最古老的语言之一。和其他一些古老语言一样，巴斯克语一大特征是使用“作通格”，区别于英语、汉语等主要现代语言的“主宾格”。

且让我粗略解释一下这个概念。

作通格语言的特征，是及物动词的宾语和不及物动词的单一核心变元（主语）保持一致。

以英语为例，英语是一种主宾格语言：

I crapped；He crapped.（我拉屎；他拉屎）

假设英语是一种作通格语言的话，就会变成：

Me crapped；Him crapped.

这个区别涉及，在语言使用者潜意识里，“我拉屎”是一个主观行为还是一个客观事实——人类的语言就是人类的历史，或许，地球上曾有过一个漫长的时代，很多人相信，“我拉屎”是一种客观事实，而非主观行为。

置身于集体环境中，哪怕是足球场，没有用处和意义的奇思怪想永远会遭致受惩罚，哪怕仅仅是亲切友好的奇思怪想。

匈牙利作家艾斯特哈兹一定明白这一点。2006年世界杯期间，他曾为《南德意志时报》撰写一个足球主题系列专栏。我读到这样一个故事：

艾斯特哈兹年轻时——匈牙利仍处于苏联的实际控制之下——曾是一支业余队的球员，司职边锋。

有一次，艾斯特哈兹正在边路上上下下，气喘吁吁，比赛激烈胶着。突然，他看到前方草地里一个小小的脑袋钻了出来。

是一只鼹鼠！

艾斯特哈兹赶紧跑去找巡边员：“巡边员先生，那里有一只鼹鼠，它越位了！”

巡边员立即摇旗。

主裁判赶过来，听取情况以后，给了艾斯特哈兹一张黄牌。

主裁判补充说："你不能用下三滥影射工人阶级球队！"

1952年，意大利《团结报》收到赫尔辛基奥运会特派记者从现场发回的报道：

我写体育，并不出自想把自己的所知教给他人的愿望，或者是相信自己知道某事而产生写作的愿望，完全相反，我写体育，出自对自己无能为力的痛苦意识。

这已不是该特派记者第一次以这样的笔法写体育。

1948年3月，《团结报》派他去都灵采访意大利vs英格兰对抗赛。这是二战结束后意大利国家队第一场重要比赛，对手阵容豪华，意大利队则以赫赫有名的豪门都灵队作为班底，阵中巨星名叫瓦伦蒂诺·马佐拉[1]。

尽管黄牛党兜售的球票在开赛前价格大跳水，这位记者却没有进场看球。因为他被场外的节日气氛吸引了，他决定留在场外，在大街上感受比赛的气氛。在他眼里，一场足球赛彻底改变了都灵城，这里不再是那个保守得像17世纪的都灵城，周日的经典场景只是衣着整齐的绅士贵妇在教堂弥撒结束后结伴而出。足球让都灵终于变

[1] Valentino Mazzola（1919—1949），40年代末"大都灵"辉煌时期当家球星，球风和后来的托蒂相似，1949年在苏佩加空难中和都灵全队一起丧生。他的儿子桑德罗·马佐拉在60年代也成为足球巨星，是国际米兰历史上的旗帜人物。

成一个现代都市，人们在周六就从全意大利赶来，在酒吧里高谈阔论，几乎是一起守夜等待第二天的报纸上摊。

比赛进行中，记者走在都灵的大街上，看到人们围着收音机欢呼雀跃。比赛结束后一小时，就连这位没有观看比赛的记者也在人群中高谈阔论，“马佐拉太神了！”[1]

到了晚上，看到人们散去，一辆接一辆的汽车、巴士离开都灵，记者甚至感到有点失落，有点悲伤。他在第二天的报纸上发表了一篇文章，题为《一场我没有看到的比赛》。

文章署名是伊塔洛·卡尔维诺。

去赫尔辛基采访奥运会同一年，这位《团结报》记者发表了一篇在全世界被翻译成几十种文字的小说：《分成两半的子爵》。

我不是卡尔维诺的小说迷，却常常想起他这两段罕见的体育文字。有一些作家让人迷恋的是他们的作品，另一些则是他们的身影。

这些简单直白却又在体育报道中罕见的文字，捍卫的是一个人写作周遭世界时的“梦态”，他的身体跟随思维自由地游移，不受任务、命令、职责、专业的约束，或许体育世界格外地能够刺激人的自由愿望，由此去告别预设的程序和仪式，写出世界流动的、未知的真相。

---

[1] 那场比赛意大利 0∶1 输给了英格兰。在那个年代，输给足球宗主国并不丢脸，而且担任电台解说员的名嘴卡罗西奥在直播中有很多虚构和夸张，意大利和马佐拉踢得远远没有他描述的那么好。

不少中国记者到海外采访喜欢抱团行动，我更习惯独来独往。一开始，这样做是因为我不喜欢总是给别人担任义务翻译，后来则是因为，我发现其他记者都比我更职业。

他们每到一个地方，已经知道自己要写什么，知道应该怎么写，而我永远遭遇的是自己的不知道。我会随时被一个与正要报道的事件和人物毫不相干的场景吸引，并沉浸其中。

这时候，我必须是一个人，是一个失踪者和隐身人。我无需向谁证明自己是职业还是业余，不必对身边的人解释自己非同寻常的举动。

2005年2月的一天，我在伦敦斯坦福桥酒店等待穆里尼奥的到来。

酒店外是英格兰淅沥的雨。

彼时，初来乍到的葡萄牙人尚未率领切尔西赢得俱乐部历史上第一个英超冠军。我也是第一次来英国，内心有点激动。

在饭店吃下生平第一份英式早餐，我在它提供的高热量里想起父亲。他教会我英语，一生中去过最远的地方是北京。

穆里尼奥一直没有来。

我看到连接饭店大堂和二楼的电动上下扶梯，来了兴致。我曾在成都一家超市里看到两个小孩玩过类似的游戏，沿着下行的扶梯往上冲，直接冲到上一层楼。

我也要更上一层楼，连续冲了两次，都获得了成功，一种逆水行舟的快感，对，就像阿根廷人卡拉马罗那首名曲《鲑鱼》，“永远逆流而上”。

切尔西酒店大堂里那个穿戴整齐的门童该觉得我是个疯子。就像我觉得这个国家的人日常行为规矩复杂得像一群疯子。

但他总是忍住不笑，让自己表现得足够职业。他咬着嘴唇走过来，面带殷勤和关切，用标准的伦敦口音问，“Are you OK，Sir？”

我说，是的，这世界上每件事都OK，完美！我在等穆里尼奥，我们有个约会。末了，我用利物浦口音反问他，“You're rrright，man？”

他也说，是的，很好。

所以，我认为现在大家都很好了。

穆里尼奥过了约定的时间还没有来。这是体育人物约见记者的职业要领，总是约早半小时，既体现自己的重要性，也让对方的时间完全交给自己支配。实际上，没有任何记者会晚半小时去，他们习惯了等待。所谓职业习惯，大都是围绕着职业世界里的谎言形成的。

门童在暗自看我笑话，他认为这个亚洲来的疯子在开玩笑。穆里尼奥时常在这里出现，他见到的都是各路职业人士，怎么可能是一个玩电动扶梯的毛头小孩？

有一次我从扶梯上下来，他又问："您确信他会来吗？"

我说确信，然后看到他露出一个奇怪的表情。

穆里尼奥真的来了，这时候我已数不清自己多少次成功地实现了对电动扶梯的逆向冲击。

葡萄牙人一只脚踩进上行扶梯时，我恰好两只脚都踩到了下行扶梯上。我们在扶梯恰好行至半路时相遇，点了个头，然后又分道扬镳。

我不想下到底楼再从上行扶梯上来，转身即逆着下行扶梯往上跑，使出适才练就的逆水行舟功夫。

驾轻就熟，未想到，在踏上二楼楼沿的关键一步时，我脚下一滑，半倒在下行扶梯上，更糟糕的是，后脚上的那只皮鞋，径直往楼下蹦跳而去。

穆里尼奥看了我一眼，仍然面无表情。这一刻我明白了他是一个 cool guy，酷就酷在，他并不在意是眼前这个疯子在早餐时来采访他。

我只得乖乖地顺着扶梯下楼，门童早已拾起掉下楼的皮鞋，端正地站在扶梯口："这里是您的鞋，先生。"

他真的太职业了，在扶梯口站得无比端正，就像一个正在参加交接仪式的女王卫兵。但无论如何，他已忍不住大笑，站得端端正正，笑得眉飞色舞。

“谢谢你，你的工作很好。”

我接过那鞋，他手指捏过的地方，还有我脚底的温度。

穆里尼奥真的够酷。他不问我是否还好，只问要不要来点黄油面包。

“今天我们说什么语言？”落座后，我问他。

“随你便。”

我记得穆里尼奥的同胞萨拉马戈说过，面对一统天下的强势英语，使用西班牙语作为国际沟通手段，是一种抵抗方式。

确实管用，我选了西班牙语——切尔西俱乐部新闻总监格林博格也走进来，然后又走了。足球俱乐部的新闻官近似于克格勃，他们总是在你的采访聊得最高兴的时候说，“It's OK. Sorry.”

如果听不懂两个人正在说什么，他就连“It's OK. Sorry”的机会也没有。万一主教练很喜欢这次聊天，强行中断岂不是自找麻烦？

我和穆里尼奥聊了很久，聊到他两个小孩的时候，他笑逐颜开。在穆里尼奥执教的球队里，他的小儿子最喜欢那种看上去会点武功、像动画片里“忍者”的球员，例如曾效力波尔图的巴西前锋德尔莱，或是后来切尔西的马克莱莱。

临走时，穆里尼奥主动给了我一个拥抱。足球是奇妙的，穆里尼奥也是名副其实的“Special One”，电梯丢鞋是我在职业场合做过的最业余的事情，对穆里尼奥的采访却是我做过的质量最上乘的名人访谈之一，甚至被一家日本杂志转载。

文学领域里有很多满口理论和术语的书虫，不仅包括半截子研究者，在创作者群体中这种理论家也不鲜见，他们很像球迷群体里数量众多的“懂球帝”。

他们总是在努力地试图让他人明白，自己很懂足球（文学）这门专业，热衷于技战术理论（技法）、打法（流派）、阵形站位（结构）的讨论，或者，像马德兴和蛋民群体一样掌握了足球运动（现代文学）发展的客观规律。

时不时会有个把人跳出来宣告，自己找到了把瓜迪奥拉的美丽足球和穆里尼奥的功利足球结合一体的办法。这倒不奇怪，每个球迷内心里都有一个未遂的足球教练，此类宣告常常也是为了博得众人一起哄笑。

但在文学世界里，一个作家总是对人解释自己在作品同时融入了普鲁斯特、毛姆、卡夫卡的“手法”，我会感到疑惑。写作原本应是一种反对工业化、机械化、商品化的行为，“专业”的写作却让我们在上述异化泥潭里越陷越深。

我不想成为作家，因为我还想写得像个小孩，享受胡思乱写最原初的快乐。一个人从事创造性写作，他的身份应该更像一名球员，他的一部作品就是他在一场比赛中的临场发挥。把手法、技法视作作品的价值所在，忽视创造本身的即兴本质，说明他已脱离了创作，不再是球员，是一名教练，他在拼凑一个阵容，在压制，在强制，在极权，在操控。

2005年，我有幸采访到乔治·贝斯特。

“乔治，为什么爱尔兰岛那么少的人口，好球员却出了很多？”

“因为我们没有做教练的传统，那是一个摧残幼童的职业。”

3个月后，贝斯特去世。他没有死，在我们的那张合影上，他笑得像个孩子。

梅西这个名字，是专业还是业余？

2013年11月，美国女子国家队后卫阿维布赫以专业运动员的身份在《纽约时报》发表了一篇名为《梅西还是C.罗》的评论：

C.罗拥有明显的身体天赋，他的伟大源自在有目的的重复性训练中获得精益求精。这一点对于我更符合逻辑，也更熟悉。我看梅西踢球，看到的是更多的与生俱来，更多几乎无法用言语表述的内容。

梅西的动作并不是在健身房或敏捷绳梯上练出来的。他的过人动作不是教练可以教授出的。甚至连他的射门也时常不是可以在训练场上反复练成的。他是一个完整意义上的本能运动员（这样当然不是说他不需要在训练中付出艰辛）。

这篇球评可以让中国大多数球评家感到羞愧。阿维布赫不是以

“专业”去包装业余，而是站在专业的角度反专业。

是的，在梅西的灵感、激情、创造、机智和童真面前，一个体育记者的“职业”和“专业”到底有何意义？或许，唯一的意义是把球场上匪夷所思的不可能放进人类语言平庸的可能性框架里。

梅西的名字第一次出现在我眼前，是一封电子邮件。

我的合作伙伴、阿根廷记者雷克去巴塞罗那为《足球周刊》采访哈维。在采访图文里，他附上了一位青涩少年作秀阅读《足球周刊》的照片。一张稚嫩的脸，有些青春痘，雷克说，他叫梅西，刚进入巴萨一线队，看着吧，他会是阿根廷足球下一个巨星。

接下来的生平不必由我来讲述。

雷克还多次对我提到他的新闻专业老师马丁·卡帕罗斯[1]，一位在拉丁美洲颇有影响力的记者。他说，卡帕罗斯对他的记者生涯影响不小。

卡帕罗斯也写足球，我常在阿根廷体育日报《奥莱》的封底读到他的专栏。有时候写得很平淡，像我们所有人一样，但2017年10月11日，他的一篇专栏给我留下深刻印象，关于梅西，也关于记者这个职业。

[1] Martín Caparrós，1957年出生在布宜诺斯艾利斯，70年代军政府独裁时期流亡海外，在法国索邦大学完成学业，在西班牙《国家报》开始记者生涯，他的《远距离》《饥饿》等作品在西语国家深受欢迎。

2017 年 10 月 10 日晚上，卡帕罗斯在美国。

他是当晚哥伦比亚大学新闻学院颁奖盛会的重要人物，将在那个“历史超过百年的知识殿堂”接受 2017 年玛利亚 · 摩尔 · 卡伯特奖，全球历史最悠久的新闻类奖项之一。作为记者，这是何等重要的职业荣誉！

卡帕罗斯的周围都是衣着华贵的女士和身着笔挺礼服的男士。但在阿根廷记者看来，这是不公正的。奖项或许公正，颁奖时间却不公正，甚至，“没有比这更大的不公正”。

因为就在同一个夜晚，阿根廷队将在客场挑战厄瓜多尔队。阿根廷队必须赢，才能保证获得 2018 年俄罗斯世界杯参赛权。

转念一想，或许又是天赐的恩惠，让我不必经历一个严峻至此之夜的煎熬。

在职业生涯中最重要的时刻，卡帕罗斯唯一想做的事情却是不断翻开手机上的信息，同时又避免被周遭过分留意。

在亮堂的大厅里，坐在巨大的圆桌边，桌上是澳洲白葡萄酒，意大利红酒，法国香槟，但我无法相信自己还能听得进去关于大学新闻课程的讨论，关于加泰罗尼亚独立运动，关于墨西哥记者被暗杀，他们不知道对我来说，唯一重要的是 2800 米海拔高度上的基多，10 个奋战的小伙子，一个魔力非凡的魔术师正在努力让本队不输球。颁奖仪式开始前，手机说，我们 0∶1 落后。

卡帕罗斯对桌子又拍又打，然后对邻桌表示歉意。谁也无法想象他的脑海里正在发生什么。没有人能够想象他为什么握紧拳头，发出一声怪叫，当梅西扳平比分。没有人能想象出卡帕罗斯为什么出现膀胱炎症状，每5分钟上一次厕所——或许有人以为是他在领奖前过分激动……

肉菜上来的时候，梅西攻入第二球，我就像一头发情的奶牛一样喘气。还活着，一切都还有可能。我越来越频繁且不加掩饰地看手机。然后到了我上台领奖的时刻，我准备好发表一番演讲词，就好像这些话对于我很重要一样。

上台前，卡帕罗斯最后一次看手机，仍然是2∶1，一个危险的的比分。他带着拧紧的心脏上台，微笑，受奖，微笑，讲话。

评委会认为卡帕罗斯是“拉丁美洲文学新闻的代表人物之一”，“一位富有名誉的诚挚、公正、严谨的记者”，“一个自言是非的公共知识分子”。

那个夜晚，诚挚、公正、严谨和名誉都不是重要的。10分钟后，卡帕罗斯终于从领奖台回到桌边，他恐惧得要死，再拿起手机，梅西刚刚攻入第3球，已经把阿根廷带到俄罗斯。

我尖叫起来，我的邻桌当然认为我在庆祝自己获奖——一个低素质的南美佬，他们带着鄙视望着我。

之后一切都不再重要。我更平静，也更不耐烦地希望离开此地，去观看3个进球的视频。当我看到它们的时候，我再一次笑了，再一次感到绝对的快感，感到绝对的崇敬，只有“狗娘养的！婊子养的！”可以表达我的感受。在一切无解的时刻，在谁也无法提供一臂之力的时刻，是这个孩子挺身而出，他做到了。我相信不久的将来，在这个神圣的知识殿堂里，他们会讲授梅西的进球，一个巴塞罗那的阿根廷人，他能做到别人谁也做不到的事情。

也是在2017年，卡帕罗斯的作品第一次被译成中文——2014年出版的《饥饿》，一本记者调查作品。

卡帕罗斯游历世界各国，采访巨富也采访赤贫，试图理解为什么当今世界仍然无法解决饥饿问题。书中有家徒四壁的母亲，家里没有吃的，只能假装去准备做饭，哄孩子先睡下，说过一阵子就可以吃了。

但在写作的同时，卡帕罗斯又时刻对记者的职业充满警惕，他说：“讲述那些吃不饱饭的人的真实故事构成了这本书的基础，但我很怕这本书会变成‘悲惨色情’（misery pornography）——告诉你一个非常感人的故事，你觉得自己是个好人因为你被深深触动了，10分钟后你就把这个故事抛到脑后了。”[1]

[1] 这段话来自2017年8月24日“界面新闻”刊登的卡帕罗斯专访，作者林子人。

作为他的学生，雷克曾为《足球周刊》写过一篇类似的文章，题目叫《乱炖》，讲述自己被电视台派去阿根廷内陆的帕拉纳市采访国家队的比赛，在那里遇到一个司机。

聊天中，雷克打听起这位内陆二线城市普通劳动者的生活。司机和太太从早到晚都在辛苦劳动，他们有好几个孩子，一家人挤在一间小屋里。每一天的食物都是“乱炖”，一种用牛肝、豆类和蔬菜做成的杂烩。如果有小孩过生日，就用油煎一小块牛肝。

和卡帕罗斯很相似，雷克在叙述中总是在质疑讲述者自己的身份，他甚至有些责怪自己没有边界的好奇心。但他还是忍不住去问，“那么你们平时怎么做爱？”

司机说，他和太太每天回家都很累，家里没有空间，如果要做，只能开车出去找个地方。

这是2009—2010年在《足球周刊》短暂存在过的一个栏目，名叫《南美来信》。与之间隔的是我创作的《欧洲来信》。《乱炖》是雷克从阿根廷发来的第一篇文章，负责相关版面的编辑对我说：“请一定代我向这位作者表达敬意！”

然而，2010年春天，栏目被停止了，原因是“为世界杯让路”。

世界杯结束后，栏目没有恢复。

栏目被停止，并不涉及质量原因、敏感话题。它甚至是一个低成本的栏目，出于和我的友谊，雷克接受了非常低廉的稿费。

我问及原因，杂志主编只是叹气。以我和杂志编辑部多年密切又彼此信任的关系，我明白背后可能存在某种他无法左右的干预。

泽曼说，他偶尔想过出任捷克国家队主帅，“出于愤怒”。

出于愤怒，在那一刻我也曾想，如果当初我接受出任总编辑，会有这样的事情吗？

然而，用职位和权力去维护文字，这个想法是愚蠢和荒唐的。我可以用文字去反对任何一种权力，但不存在相反的可能，任何一种维护文字的权力都会让文字走向反动。

所以，还是应该独自去思考“我拉屎是客观事实还是主观行为”，像足球一样，空想是一种游戏，只涉及坦荡的主题。

延伸阅读

足球之于你的生命[1]

克拉丽丝·李斯佩克朵[2]是巴西文学的核心名字。她不仅是20世纪巴西文学的杰出代表，甚至是拉美和世界现代文学史上最伟大的女作家之一，或许还是最貌美的女作家。

在巴西，数量众多的诗人、小说家也是球迷，除了写出“足球在灵魂里踢”的大诗人德鲁蒙德，20世纪另一位巴西大诗人若昂·卡布拉尔更是球员出身。

足球常是巴西文坛聚会的重要话题。而克拉丽丝，足球于她？

[1] 我问玮是否愿意一起写作《黑白梦华录II》，提供几个章节。她很乐意，但小贝阿的成长占据了新妈妈的每一天，根本不可能有时间坐下来写字。我觉得有必要选入玮过去翻译的两位巴西作家的短文，关于足球与存在，关于为什么要写足球，或许，这些文字和之前的章节存在某种联系。
[2] Clarice Lispector（1920—1977），她的作品译成中文已有《星辰时刻》《隐秘的幸福》，译者闵雪飞。

她出生在乌克兰西部，年龄极小就随父母移居巴西，在多语环境中长大。克拉丽丝身上存在某种中欧－哈布斯堡－犹太气息，时刻保持着对时空、语言、存在的关注——但克拉丽丝成长在巴西而非中欧，巴西的阳光、雨水和沃土给了她卡夫卡、穆齐尔等中欧作家缺少的温度。她曾和外交官丈夫旅居各国，她用葡语写作，即拉丁语系里最容易被忽视、实际却最具包容力的语言。所以，克拉丽丝注定是一朵奇葩。

“克拉丽丝如此神秘”，维罗索[1]早期的一首歌这样唱。在巴西文学和报界同行眼里，克拉丽丝一样神秘莫测。人们拿足球这个话题来逗她，试图打破她神秘的光环。

若昂·卡布拉尔[2]曾写了这样一首打油诗（以下翻译只有大意，很遗憾无法译出葡语音韵）：

某日，克拉丽丝·李斯佩克朵

和友人交换着

无数个轶事关于死

其中有严肃亦有逗趣

席间，进来其他友人

来自刚结束的球赛

[1] Caetano Veloso，1942 年出生在巴西巴伊亚州圣阿马鲁，作曲家、歌手、吉他手、政治运动家，被拉美音乐界广泛视作 20 世纪最伟大的词曲创作者之一。

[2] João Cabral de Melo Neto（1920—1999），巴西诗人、外交家，对 20 世纪巴西现代诗歌影响深远。

评论比赛，讲述比赛

复盘比赛，一个球接一个球

当足球话题消失

巨大的沉默张开大口

人们听见克拉丽丝的声音

我们再谈谈死亡？

克拉丽丝不反感足球，她能洞察到足球和生命之间的某种关联，只是由于自己对这项运动缺少了解，她避免在巴西就足球过多发表见解。

巴西作家极少能以写书为生，克拉丽丝也做记者，采访别具一格（也有受访者对她示爱）。

她的人物访谈，不像名记们惯常的套路——要么让对方细致地追溯自己的人生，要么来点煽情术让看客觉得这两人该得抱头痛哭一场才对——克拉丽丝爱问简单的问题：

“你觉得生命中最重要的是什么？”

“什么是爱？”

诗人聂鲁达被她问得有点尴尬，“爱就是爱。”

球星扎加洛想了很久，“是一种彼此的情感。”

倒是年纪尚轻的音乐家西古·布阿尔克滑头些，“我无法做出定义，你呢？”

“我也不能。”

克拉丽丝去采访60年代末的巴西国家队主帅萨尔达尼亚。此人是巴西足球史上的传奇人物，不仅是个好教练，还是个非凡的专栏作家。克拉丽丝问：“你认为踢足球可以靠大喊大叫赢得胜利吗？”

“当然不能，如果是那样，意大利队就会总赢。意大利人喜欢大喊大叫，所以他们唱歌剧。”

不关心足球的克拉丽丝做足球采访，其间一些对话让足球行家们目瞪口呆。

采访刚退役的扎加洛时，克拉丽丝说：“你拿过两次世界杯，两次里约州锦标，如果我能做决定，我会让你担任巴西国家队主帅。”

扎加洛伸出手臂给克拉丽丝看，他的汗毛都竖了起来。扎加洛自己也未预料到，1970年世界杯就是他率领巴西赢得永存雷米特杯的三冠。

阿尔芒多·诺格拉是20世纪中期巴西家喻户晓的足球专栏作家，和克拉丽丝供职同一家报纸。他曾写过，“英国人发明了足球，巴西人创造了足球的美感。”

阿尔芒多·诺格拉想用足球话题挑逗克拉丽丝，却犯了一个愚蠢的错误，他冲动地说，愿意用博塔佛戈的一场胜利去换取克拉丽丝写一篇足球专栏。

克拉丽丝也是博塔佛戈球迷，她不会饶恕这一轻率之举，她聪明地回应挑逗，使用了足球场上的防守反击战术。

于是，你来我往，有了下面两篇专栏。

阿尔芒多·诺格拉，足球和我，可怜虫

克拉丽丝·李斯佩克朵，发表于1968年3月30日《巴西日报》
（翻译/汪玮）

标题甚至可以取得更大，只是无法放入同一行里。

我并非每天都读阿尔芒多·诺格拉——虽说每天都会迅速地扫视一遍他的东西——因为我对足球的了解无法让我全懂。我知道阿尔芒多写得很漂亮（不仅写得“好”），有时我对他专栏里的技战术部分难索其概，却仅因他写得漂亮而阅读之。

应是在我漏看的一篇《晨报》专栏里冒出这样一句话，在罗伯特·肯尼迪、费南代尔、小阿瑟·施莱辛格、杰拉丁·卓别林、特里斯唐·德·阿塔伊德[1]和其他很多人的话中间，有人打电话读给

[1] Tristão de Ataíde 是阿尔塞乌·阿莫鲁索·利马（1893—1983）的笔名，巴西20世纪重要学者、作家、文艺评论家。

我听，阿尔芒多说：“我甘心用自己球队的一场胜利来换取一篇专栏……”

接下来的话令我震惊：他说愿以此来交换我写一篇关于足球的文章。

我的第一冲动是要进行一次温柔的报复：我想说我也愿意用我珍视的很多事物来交换一篇阿尔芒多·诺格拉关于人生的专栏。我的第一冲动，到这里已不再有报复之意，如下：请接受挑战，阿尔芒多·诺格拉，抛却羞怯，写一写人生和你自己，我不能原谅你以对我有着同等含义的事情来做交换。

既然你的球队是博塔佛戈，我无法原谅你哪怕以玩笑目的提出用本队的胜利来换取我一整部关于足球的小说。

让我对你好好讲述一番我和足球的关系吧，这样才能证实题目中的“可怜虫”一词。我是博塔佛戈球迷，这已经是个小小的悲剧，但并未越演越烈，因为我总像拉紧马缰一样收紧自己的放纵。

其次：对我来说选择支持的球队并不容易——可生活在巴西的我又怎能与世隔绝？——我一个儿子支持博塔佛戈，另一个儿子则是弗拉门戈，这让我觉得自己背叛了支持弗拉门戈的儿子。

但错并不全在我，倒是我儿子该承受此责：他本是博塔佛戈的球迷，并无别的缘由，仅为了取悦他父亲，有天他突然就转而支持弗拉门戈。

这样一来，我想要坚持任何球队都不支持也不行了，于是我决定倾我所有支持博塔佛戈，甚至包括我对足球热情的无知，我也要献给它。我使用“热情的无知”一词，因为我觉得总有一天我会满怀热情地理解足球。

现在我还要说更糟糕的：除了在电视上偶然看到，我一生中只亲身去过一次球场看比赛。我感觉那次去错了，就好像我错生成了一个巴西人。

那是一场什么比赛？我只知道场上有博塔佛戈，但我不记得对手是哪支球队。坐在我旁边的人目不转睛地盯着场上，我也一样，但他什么都明白。我忍不住打岔问他问题，尽管我能感觉到这让他不那么舒服。我得到的回答总是很短促，尽可能地缩减，意在让我别再搅兴。

不，别认为我会把足球说成一出芭蕾舞剧。因为我记得那是一场生死搏斗，就像角斗士之间一样。而我——可能这里又是个可怜虫了——的印象是，仅是因为裁判的监督和制止，那搏斗才未超越游戏规则变成血战，而如果我参加比赛，很可能会被罚出场！为了更爱足球，我永远不会有上场踢球的那天……我甚至宁愿去跳芭蕾。但足球像芭蕾吗？足球在动作上的美感是无可比拟的。

看电视转播的球赛，我那支持博塔佛戈的儿子和我同看。就像你们所知，当我提出一些可能很愚蠢的问题时，他的回答混合着从带有怜悯的不耐烦转变成的一种几乎难再控制的耐心，还掺杂着对母亲的几分柔情——好像这母亲虽然懂很多事，此刻也得依赖儿子给她上上课。他的回答也很短，为了不错过比赛的进程。如果我不断用问题打断他，他最终会——尽管并不生气——说："啊，妈妈，这你也不懂，拉倒吧。"

这让我蒙羞。我有参与一切的贪求，更何况足球即是巴西，难道我真会永远不懂球？每当我想到自己不能参与其间的一切，无论有关还是无关巴西，我都会因自己的渺小而倍感惆怅。我如此野心和贪心，以至无法平静地接受自己不能参与进去的那些代表着生命的事情。但我想自己没有放弃。关于足球，总有一天我会了解得更多，哪怕——如果我能活那么久——我已老到步履蹒跚。还是说，你认为在现代社会里，一个老太婆没必要顶着我们纯属不可饶恕的偏见、近似滑稽地感兴趣于本该属于过去的事情？不仅对于足球，甚至在其他很多事情上，我不仅想要拥有过去，我还总想把握住现在，以及未来的一小部分。

现在我重申这个友好的挑战：请你也写写人生，或是足球之于你生命的含义（如果你不做足球记者，你无论如何也会成为一位作家）。在我要求的这篇文章里，你是否以足球作为开场白并不重要：这或许会有助你放开羁绊畅所欲言。为了让你更方便：我允许你通篇都只讨论足球对于你个人意味着什么，还有足球不仅作为体育、它终究揭示的你之于生命的所感。对于一个习惯专业化的人，这样的题目是否过于宽泛？我觉得你似乎不了解自己的多种可能：你的写作方式让我相信你可以写无数的话题。当你决定要回应我的挑战时，请你通知我，因为就像我之前说过，我并不是每天都读你，尽管我真的很乐意和你在同一家报纸共事。我期待着。

目标永远都是心

阿尔芒多·诺格拉，发表于1968年4月《巴西日报》
（翻译/汪玮）

克拉丽丝·李斯佩克朵：

一个星期以来，在里约没有一个朋友见到我不问同一句话：“你要什么时候才接受克拉丽丝·李斯佩克朵的挑战？”

（读者们，请允许我解释一下，我曾在这里邀请克拉丽丝写一篇有关足球的文章。她写了，而且是一篇很棒的专栏。然后，出于一种温柔的报复，她惩罚了我：要挑战我突破自己的羞怯，写一写人生。）

现在，克拉丽丝的追债者们堵在我家门口，温情地要求我作出回应，但他们的迫不及待令我躁动不安，就像一场大赛的前夜。

关于一场尚未结束的比赛，能说些什么呢？

就算这比赛已结束，也是一样。克拉丽丝，我人生的比赛并不值得去评判：那是一场训练赛，没有记分板，没有裁判，也没有观众。就这些！这样也很好，当然如果能是一场野球就更好——成百上千个男孩在我生命里比赛，毫不顾忌时而会击打球队和观众的风。

我永远也不会是自己人生的优秀见证人：我踢得很糟糕，为自己射门缺少准头而痛苦。我害怕又很看重观众们的评价。尽管人群也曾让我感到过耻辱。

克拉丽丝，我想向你叙述一场在马拉卡纳的重要比赛。故事里的球星第一次传球就失误，第二次失误，第三次失误。场上嘘声一片。他一直勤恳地努力，但是徒劳，皮球沉重如铁不听他双脚使唤。人群从指责变成了起哄，球星还在场上，奔袭于羞辱和疲惫两个深渊之间。他们骂他被收买了。他还在场上就哭了。

比赛后，更衣室的一个角落里，他流着泪对我说：

"阿尔芒多，我知道自己踢得很糟透。但我已经没有大脑去思考了。这些人并不知道我为了来这里踢球，把 5 岁的女儿留在家里。我妻子正生着病，家里还有我的妻妹，她疯了，被关在屋子里。她是需要进疯人院的那种疯，终日叫嚷要勒死我女儿。在场上的时候我总在想：上帝啊，她现在是否正在勒死我女儿呢？"

那天，我发现了人民的声音并不总是上帝的声音，有时人群可以为勒死一个孩子助威。

我人生的比赛，亲爱的克拉丽丝，就是一场痛苦的学习，足球里所有花开花落的情感：爱，恐惧，仇视，羡慕，勇气，描述和报道皮球的每一个动作，其目标永远都是心——为了经历一场伟大的欢乐，或是心肌梗塞而死。

不幸的是，40年来我一直以纯粹观众的身份陪伴着这项神秘的运动，从未获得过球员的位置。我曾想当守门员。我想感受球场里草皮永远无法完整覆盖的唯一一片区域。我甚至会压压双膝，头戴一顶遮阳帽，撒谎告诉其他小孩它来自巴塔塔伊斯队。

守门的经历或许造成了我对比赛场的悲观，但至少有两位门将给我上了两堂课：叶夫图申科说过："人生并不仅仅是进攻，也需要观察对手最细微的动作，了解他们的伎俩。"在加缪那里则是：足球教给他人类的全部伦理道德。

最后，克拉丽丝，我人生的比赛甚至从未有过一刻全然的幸福，尽管某些观众把它看成一场免费入座、气氛欢快的友谊赛。一种负疚感紧跟着我，和我分享每个错失进球的肥皂泡。

我不叹息，但同时我人生的比赛也无甚可庆祝：令射手生辉的呐喊也是折磨门将的喊叫。因此，我在胜利中无法看到比在失败中更多的真相。

克拉丽丝，我人生的比赛就这样随着一个球滚动，这球已不是袜布球，也不是玻璃球：这是一个由无数在球场底线处迷失的梦想编织成的球——它是圆的，灵感来自太阳，有着完美的形状，是燃烧的球体，有时会烧到我球场里的草。

第八章　祖国巴西

我的语言是我的祖国，我没有祖国。

——维罗索（巴西）

巴西是我的精神祖国。祖国是冬天里的一场路边梦。

我不清楚自己正置身于自家的沙发上，还是一艘渡轮的客舱里，只感到整个身体飘飘荡荡。我清楚自己就在睡梦里，却不知是何时何地的梦里，只任由自己继续梦下去。

清凉润湿的空气让我想起四川老家；说不出名字的鸟儿在鸣叫，或许是画眉鸟；我想起童年时某个夏日午后躲在池塘边的树荫下钓鲫鱼，全神贯注地看着一动不动的浮漂；偶尔像有汽车驶过，引发的震动又让我想起某个紧贴公路边的两层楼房里的单人床，或许就是父母的老屋里，也可以是大学时代学生宿舍的高低床。

飘飘荡荡中，我体会到一种前所未有的快感，没有疲惫，没有打搅。渡轮正在驶向彼岸，旅途有其确定的终点，在飘飘荡荡的每一秒钟，我总是距离终点更近，或许下一瞬间就要到达，或许还要等到很久很久以后。最舒适莫过于，这飘飘荡荡的前进如此轻快，就像一次不必携带任何行李的旅行，包括身体。

渐渐地，四周变得喧闹起来，有一群人围住了我。他们阻碍了我的飘飘荡荡，对我当下畅快的状态谈笑起哄，我并不计较他人的言语，却厌烦他们过分靠近以后对我发动的体温袭击，就像一个人舒舒服服地躺在云朵的棉花团里，翻来滚去好生自在，突然之间太阳急剧缩短了它和地球的距离。

我还是醒了过来。我正躺在福特车放平的副驾驶座位上。车停在高速路边一个农家院落的门口，围住我的不是一群人，而是十几只鸡。车窗外瞪着我看的那只该是鸡头，它骄傲地扬起自己的喙，颔下两片红胡富有节奏地抖动，神采奕奕，欲言又止，或许是准备等我从车窗里探出头去啄我一口。

这是圣保罗前往库里奇巴的高速路。2014 年世界杯，我终于第一次来到巴西。在圣保罗呆了两天，然后租了一辆车，一路向南。我也说不清为什么选择向南，大概是觉得，既然从北半球来了南半球，就应该尽可能地往南方走。

巴西没有严格意义上的高速路。尽管一路都是收费站，道路两侧却是全开放，没有高速隔离网，路边随处可见人家、摊贩、小店、工厂。两个小时的煎熬过后，我终于确认已把庞大拥堵的圣保罗市甩在身后，突然感到无法抵抗的困意，找到一个门前有空地的农家小院，停下睡着了。

这是我在巴西做过的第一个梦。我的巴西梦。没有桑巴，没有足球，也没有海滩和棕榈树，只有一群鸡围着我。这群鸡见过些世面，它们在我的车周围转悠，时不时啄起一点什么，绝对不朝马路上走，和飞速驶过的车辆相敬如宾。

南方永远在前方，前往南方的道路漫长，有时我怀疑自己并没有醒过来，仍然带着时区、纬度变更后的眩晕。我想找一杯咖啡，在一个加油站附近的小店停下。

店里的小餐厅提供便宜的自助餐，大约三四欧元就能饱饱地吃一顿饭，各种肉类、豆子、米饭和时蔬。我没有胃口，径直去前台找咖啡。店主指着旁边一个巨大的钢壶。

“多少钱？”

“不要钱。”

真的不要钱。我取了个小杯，接连喝了两杯。纯正的巴西咖啡浓香，还放了很多糖。

在巴西很难找到苦涩的食物，欧洲人习惯的苦，在巴西一定是甜。不仅是这路边的咖啡，我还听巴西朋友说过，他们是到欧洲以后才知道存在苦味的巧克力。

咖啡豆不要钱？

水不要钱？

钢壶插电保温不要钱？

糖不要钱？

人力不要钱？

总之，连续两次停车休息喝咖啡，我都没有付钱。

在我熟悉的那个懂得巧克力和咖啡涩味的欧洲，尤其是英国、法国一样的发达西欧国家，没有钱对于旅行来说是一件超级可怕的事情……永远免费的路边咖啡，简直就是赤裸裸地挑衅商业社会的伦理和逻辑。

每走一段距离，在某个接近市镇的地方，路边会有一个警察岗亭，巴西人都会放缓速度通过。有时候，岗亭里一个人没有；有时候，一个警察在门边呆呆凝望着空气。

我渐渐回过神，不是我没有醒，是巴西没有醒来。

从巴拉那州进入圣卡塔琳娜州，我看到一个漂亮的高速路出口。真的需要用“漂亮”来形容。一个巨大的风车磨坊矗立在那里，还有一个北欧式门楼，汽车穿行下方，就像此处不是一个城市，而是一部童话电影的片场。

我决定在此地过夜。

一个名叫若因维利的城市，19 世纪中期由德国、瑞士、挪威等国移民创建。我喜欢这里宽阔不拥挤的漂亮市区。晚饭后，在一个大型购物中心里闲逛，突然撞见一个小办公室，门上写着“防疫站”。

各种关于巴西的旅行提示里，都会建议注射黄热病疫苗。我没有加入意大利的公共医疗系统，出发前寻找防疫站是个难事，也就放弃了。到达巴西以后，圣保罗当地报纸上谈论更多的疫病是登革热。考虑到我有可能前往北方的黄热病疫区，最好是打上一针。

给我打针的女人，是我见过最胖的护士，可以挡住一整道门的宽度。她不仅胖，而且善良、慈祥、温柔、甜蜜……配得上和护士有关的所有褒义词。当她笑起来，我感觉自己手臂的肌肉也被笑软，只等着针头软软的一刺。

注射完毕，她的同事递过来一张写着我名字的免疫卡，提醒黄热病疫苗的免疫有效期：10 年。胖护士转过巨大的身体，在刚才取疫苗的方向打开一个冷藏箱模样的小柜子。

我以为她会以某个理由再给我补一针，却接到一根棒棒糖。

“别哭。”她说。

巴西之行大约走到第五六天，我才突然意识到，除了在机场租车、宾馆住宿时需要掏出护照，一路上从没有人问我："你从何处来？"

在欧洲，我爱说"我是巴西人"，一个原因在于，欧洲人太爱无缘由地、带着暗藏的审讯和怀疑提问："你从哪里来？"

这问题令我厌烦，因为一个确定的答案会引出一百个确定的陈词滥调级别的问题，一种厌烦可以引发一千种我不想重温的厌烦。

我从哪里来，是否真的重要？我从妈妈的子宫里来，我从地球来，我早上从床上爬起来，我中午从午餐桌上下来，我下午从咸湿的白日梦里回过神来，我从傍晚刚刚路过的那个地方来。

这些对中国的认识停留在北京上海、中国城、春卷、饺子、张艺谋电影的欧洲人，如此纠结于一个人从哪里来，真正的原因在于，他们从 19 世纪来，他们对地球、世界、人类的认识仍然无法摆脱 19 世纪，而我从 21 世纪来。

站在 21 世纪的今天，我更在意一个人要往哪里去。这个问题可能会让地球上至少一半的人揪心，因为现代人每一天都在机械地执行着指令、完成任务，从周一到周五重复相同的轨迹，在假期里走上旅行社或旅游书籍推荐的路线，他们并不真正清楚，在通向坟墓（或医院重症病房）的规定路线之外，自己可以往何处随心所欲地溜达一番。

一开始，我以为是自己巴西葡语说得不错，可以以假乱真，所以巴西当地人真的把我当成自己人。

出发前在巴西驻罗马大使馆，签证官拿着我的护照反复翻看，最后不解地问：“你上一次去巴西的记录在哪里？”

“我没有去过巴西。”

“那你怎么能说这样一口葡萄牙语？”

“因为音乐，足球。”

但语言水平是绝难长时间冒充的。我说得还算流利，发音纯正，仅此而已。在一些对话中，我自己能清晰地意识到自己正在犯语病，或者使用了其他语言的表达，毕竟我没有在葡语国家生活过，也没有接受过长时间的专业葡语培训，我的葡语并不比我的法语、意大利语、西班牙语、英语更好。

后来，我越发确信，真正的原因在于，巴西人就是远远不像意大利、法国、德国、英国人一样关心“你从哪里来”。

世界上有一些民族和国家经历过“觉醒”，所以他们一直歇斯底里地醒着。

巴西仍在梦里。梦里有足球、桑巴、免费咖啡、棒棒糖。

巴西为人所知的一面是桑巴和狂欢，深藏不露的一面则是宁静与梦境。我开始喜欢上巴西的后一种表情，它的梦态。

在库里奇巴的饭店早餐厅里，我吃到一种奇特的细长型坚果，有我小拇指长，浸泡在热水锅里，散发出一种比鲜玉米更清幽入肺的香味。

自助餐厅里只有我一个人吃饭，服务员看了我一眼就消失了。我找不到人询问，倒是想起作曲家阿利·巴罗索[1]的一首歌《此为何物》：

此为何物？是一点点巴西，就是，就是！

离开库里奇巴，一些农民在高速路边贩卖这种坚果，一兜一兜。看来眼下正是丰收的季节，红黑相间的颜色，像弗拉门戈的球衣。

我停下车来，想看个究竟。路边站着一个面孔瘦削的金发小伙。

“这是什么？”

“Pinhão。”

“Pinhão 是什么？”

“Pinhão？就是 Pinhão。”

我们的对话就这样重复了几次。小伙子语速很慢，他认为 Pinhão 是一个不言自明的词，只需要对我多重复几遍，我即会明白，而我急需他向我解释，Pinhão 到底是什么。

最后，我问，Pinhão 是什么植物的果实？

他回头指着远处山坡上一株株高大的树木，长长的树枝集中在

[1] Ary Evangelista Barroso（1903—1964），巴西作曲家、钢琴家和足球记者，后文有详细介绍。

树顶，横向摊开，末端上翘斜指天空，像一把把被风吹翻了面的巨伞。

恍然顿悟！Pinhão 必定是松树“pinho”的派生词，这种坚果应该是巴西产的一种大松果[1]。

疑问已经解决，小伙却继续双手枕着下巴扒在车窗上。

他慢腾腾地给我讲述坚果的烹饪方法，需要用高压锅煮上 40 分钟。讲完以后，继续扒在那里，耐心等着我提出下一个问题。如果我没有提问，他会提出一些问题，例如天气不好我什么还赶路去弗洛里亚诺波利斯，他说大家都是太阳出来再去那边。

我觉得急着赶路会比较失礼，被迫寻找更多的话题，例如库里奇巴的 3 支主要球队他支持谁。

一辆大卡车驰过，疾风把他的宽边帽子卷进路边的沟里，他却若无其事。

我告诉他帽子飞了，他不屑地侧过头看看沟底，好像那是我的帽子，懒得帮我去捡。

我想象过巴西的各种表情，就是没有想到过它的梦态。

在梦态的巴西穿行，我不禁重复着佩索阿的句子：

---

[1] 后来查证，“大松果”实际只是 pinhão 的书面意思。这种名为“巴拉那松”的高大乔木并不是松树，而是一种杉树，果实巨大如球，需要剥开绿色外皮才会露出里面一粒粒的“松果”。Pinhão 在巴西南方是一种常见的冬季食物，热量高，且富含多种矿物质和维生素。

真实，不可能地真实，

确定，无可知地确定。

梦态是虚幻，觉醒是真实？我不知道。

我不确定北半球国家那些觉醒的中产阶级是否都在过着真实的生活——如果生活意味着只要有包装就可以吃的食品，只需要有耳朵就能听的音乐，只需有噱头就会流行的文化，只要有鼠标就能掌握的知识，或者，只要还没死就算在生活——他们真的确定自己没有住在一个名叫生活的监狱里？

阻隔圣保罗州和巴拉那州的山路上，前后左右没有车，没有人，没有房屋，只有山、树、雨。刚被锯断的大树瘫倒在路边，雨水流过树干的断面，像是一个血淋淋的谋杀现场。我情不自禁地大叫起来：

尸体！尸体！

文明，掩盖着人类所到之处的尸横遍野。

我哭了，没有快乐，也没有悲伤，只是觉得这雨淋淋的天与地还缺少我的泪。我不停自问：

“你到底想要什么？”

“你真的知道自己想要什么？”

“你知道自己真的想要什么？”

我竟然知道答案：

我想确定：一切 = 不确定。

我想知道：所有≈不知道。

山林中冷不丁冒出来一个加油站。我又立即大笑起来，笑着品尝泪水的咸味。这个加油站里，有一个规模很大的成人用品店！

真实，不可能地真实，

确定，无可知地确定。

我曾引用过匈牙利作家艾斯特哈兹的话："巴西，就是阳光，是我们内心深处隐隐残存的阳光……"

在巴西的前10天，我和阳光背道而驰，一直在南方的冬雨里穿行。

世界杯连续两届在南半球的6月举行，意味着连续两次"冬季世界杯"，尽管南非和巴西的冬天都算不上真正意义的冬天，一件夹克即足够御寒。

福特车的雨刷很糟糕，一路上又总是遭遇大雨。我在一个市集上找到修车行，门口没有人，我试探性地喊了两声，里面缓步走出一个长得像斯科拉里的短胡子老头。

我说，希望请他帮我换一对新的雨刷。

"斯科拉里"对着我的福特车雨刷端详了许久许久，又伸手拨弄了几下。

最后，他长叹一口气，就像读完老情人几十年后终于一吐衷肠的来信，轻轻地摇头："但您的车是福特车，我这里没有福特车的雨刷。"

幸好交通并不繁忙，十多天时间里，我在清晰和模糊交替的视野中前行。我想起阿利·巴罗索的另一首歌《巴西水彩画》，它被视作巴西准国歌：

巴西，巴西

让游吟诗人再度吟唱

月亮忧郁的微光

我想看到那个女人

走过厅堂

拖曳着华丽裙边的衣裳

1939年的一个傍晚，音乐家阿利·巴罗索正要出门，被暴雨拦在里约家中。大雨滂沱，夜景壮观又模糊，阿利·巴罗索在雨点的激情里突发灵感，接连写下了两首歌：《巴西水彩画》和《三滴泪》。

巴西音乐的好几首杰作都和雨有关系，汤姆·裘宾的《三月雨》[1]，若泽·本·约尔的《雨在下》[2]。

---

[1] Águas de Março，音乐家汤姆·裘宾写于1972年的一首歌，歌词并不讲述任何故事，在字里行间转换出里约雨季的一幅幅景致，以1974年裘宾和女歌手艾丽丝（Elis Regina）的合唱为最经典版本。2001年《圣保罗页报》组织200多名巴西记者、乐评人投票，此曲被评为巴西音乐史上最伟大歌曲。

[2] Chove Chuva，录入若泽·本·约尔1963年成名专辑《新样桑巴》的单曲。

阿利·巴罗索被视作20世纪前半叶巴西最伟大的作曲家。他的创作是桑巴音乐史的里程碑,《巴西水彩画》属于一种名叫“升级桑巴”(Samba-exaltação)的音乐形式，改进了来自底层的原始桑巴，让桑巴歌曲朝着歌词诗意化、曲调现代化两方面迈出扎实一步。

然而，阿利·巴罗索没有像汤姆·裘宾、若泽·本·约尔等后辈一样通过进驻美国市场赢得更大国际声望和经济效益，原因在于他太爱足球，太爱弗拉门戈。

40年代，迪士尼将《巴西水彩画》选进动画片《致候吾友》，此曲一度成为在美国被演奏次数最多曲目。其后迪士尼对阿利·巴罗索发出移居美国、常驻好莱坞的邀请，巴西作曲家回答:“好莱坞?那里没有弗拉门戈。”

除了桑巴音乐，阿利·巴罗索还有一项卓绝贡献：足球解说。

喜欢巴西足球的人，必定听到或听说过巴西电视台激情澎湃的解说。这种解说绝非仅有激情，它非常考验解说员的嗓音和创意，解说员必须把巴西葡语的音乐感发挥到最佳。激情解说的发源地不是电视，而是广播电台。广播曾极大地促进了桑巴音乐的现代化和跨阶层传播，而在广播电台开创激情解说的先驱者也是阿利·巴罗索。40年代，尽管他已是名声显赫的作曲家，他最喜欢的事却是解说球赛，尤其是弗拉门戈的比赛。

阿利·巴罗索之前，巴西的足球解说大都中规中矩，且现场人声混杂，听众常在比赛结尾连比分都没搞清。阿利·巴罗索不仅把桑巴音乐欢快热烈的节奏、即兴发挥的灵感、此起彼伏的激情融入了足球解说词里，甚至直接在解说中玩音乐。

过去的球场里并没有今天的记者看台和先进电子设备，在人群里解说比赛，最难处理的是进球。周遭地狱般的疯狂嘶喊中，解说员的声音容易被淹没。阿利·巴罗索找街上卖冰激凌的小贩要了一把简易口琴，每当弗拉门戈进球，他就对着麦克风吹一段轻快悠长的曲调，每当对手进球，他就吹一段短促哀伤的曲调。在嘈杂的环境中，口琴声能比嗓音更清楚地传进麦克风。很快，小口琴成为阿利·巴罗索解说的标志，甚至有广告商出钱，要阿利·巴罗索在比赛死球时吹口琴说广告词。

没有现代化的记者看台，过去年代的足球记者却有活动自由，甚至可在赛后去采访正在洗澡的球员。阿利·巴罗索是个“满场飞”，他会去教练席背后听主教练说些什么，在场边对弗拉门戈球员大声喊叫，越俎代庖进行指点，这些声音也通过广播传递到巴西每个角落。

正是阿利·巴罗索和比他稍晚的足球记者小马里奥、内尔松·罗德里格斯等人的努力，巴西的足球新闻报道，无论广播解说还是纸媒写作，都达到了欧洲人难以企及的激情境界。他们粉碎了一切关于“客观”的陈词滥调，强调足球首先是一种激情，而激情无法用客观和理性等废话去诠释。

一些对手球队将阿利·巴罗索视作眼中钉，不发给他入场证件。阿利·巴罗索对禁令视若无物，他会在球场附近说服一户人家让他爬到屋顶，趴在瓦片上解说比赛。

有场巴西和阿根廷队的比赛，竞争对手电台通过和组委会的合作关系想垄断报道权，让巴西听众听不到阿利·巴罗索的解说。阿利·巴罗索立即乘飞机去了布宜诺斯艾利斯，在旅馆房间里，他一边听阿根廷解说员的西语解说，一边对着话筒用葡语解说比赛，“同声传译 + 即兴发挥”，就此挫败了对手的阴谋。

阿利·巴罗索的解说生涯死于 1950 年“马拉卡纳惨案”。那是一场突然死亡，只有最纯粹的激情才配得上一次伟大的突然死亡！

1950 年，巴西历史上第一次主办世界杯，最后一场比赛，只需要在马拉卡纳球场和乌拉圭踢成平局即可首次捧起世界杯。

然而，乌拉圭球星吉贾在比赛临近结束时攻入决定历史的 2∶1 进球。

马拉卡纳的 20 万人沉默了，阿利·巴罗索的小口琴也沉默了，呐喊和口琴声让位于马拉卡纳体育场死一样的沉寂。

人们只听到阿利·巴罗索在比赛结束时说：“这是我最后一次解说足球比赛。”

离开巴西南方，在中部的米纳斯州，一路都是清澈的阳光。这里是热带草原气候，冬天是金色的。

阳光灿烂的下午，我行进在前往黑金之城[1]的路上。经过一个岔道口，路边有几十个人在等顺风车。他们等车的神情像阳光一样欢快，我也不由自主地踩下刹车，载上两个黑皮肤女孩。

她们住在三十多公里外的另一个城市，公车晚点或取消是常事，就像招顺风车一样是常事。不寻常的是她们工作的地点——岔口附近有一个大型度假村，她们在里面的一家德国餐厅工作。

“这里有人爱吃德国菜？”我感到惊讶，这是我第一次在德国之外听说德国餐厅的存在。

“是的。”

“德国菜好吃？”

“好吃。”

我想起到达米纳斯州当晚在旅馆后街就近吃的一顿中餐。中文名写着“回锅肉”，上来的却是一盘铁板牛肉，口味和巴西菜里的“铁板烧后臀尖肉”一模一样，西红柿和洋葱是主要的配菜。

或许她们工作的德国餐厅做的也是同一套路的“德国菜”。甚至可以猜测德国餐厅的装饰，必定很巴伐利亚，长木凳、马甲和大啤酒杯，就像我用餐的那家中餐厅，入口处是个漂亮的中式庭院。

[1] Vila Rica do Ouro Preto，也被音译为“欧鲁普雷图”，当地的黄金含有钯元素，金子表面呈现黑色光泽。18 世纪的淘金热让这里成为当时米纳斯州最重要最富有的城市。后来淘金热退潮，州首府迁往贝洛奥里藏特，完整保留了殖民时代建筑风格的“黑金之城”成为米纳斯州重要旅游城市。

对面没有车过来，我们的车却堵上了。两个女孩在后座议论，可能前方有事故，公车全都堵在另一头了。

我们比较走运，堵了大约 15 分钟，道路突然通了。汽车重新启动，一辆接一辆地加速，看不到尽头的车龙在道路的一侧从我们身边飞驰而过。

“达亚妮，就在前面，坡下方转弯那里，看到了吗？”一个女孩对另一个说。

“啊……不！”我听见达亚妮倒吸一口凉气的声音。

下坡路陡峭，紧接着是一个转弯，驾驶得格外小心，我无暇去观看车祸的惨状，只知道一辆大型吊车就在路边，两辆出事的汽车也在路边。

两个女孩在后座声音越来越大。

“达亚妮，别！别！达亚妮，你有点羞耻感，好吗？”另一个女孩不停笑骂。

我从后镜里瞥到，达亚妮掏出手机试图拍下路边的惨状，同事兼闺蜜以暧昧的动作试图阻拦她。

她没有抗议，也没有接受建议，只是一边拍，一边咯咯笑。

黑金之城有点像意大利的阿西西[1]，一座建在山上的圣城。但阿

[1] Assisi，位于意大利翁布里亚大区佩鲁贾省，圣人方济各的诞生地，他于 1208 年在此创立方济各会，天主教著名朝圣地。

西西背靠苏巴修山，俯瞰翁布里亚平原，视野开阔；黑金之城则位于群山环抱之中，没有远景，只有过去和遗忘。

晚上刚好有一个露天摇滚音乐会，邻近市镇的年轻人都驾车来到这里。四野黑漆漆，天际黑漆漆，唯有山坡顶上的舞台灯光闪亮。

我知道自己远未到达巴西的深处，却已不可收拾地喜欢上了这里的寂寞。或许有一天我会从这里出发，在巴西的腹地里走得更远，更远，寻找更黑漆漆的寂寞，更持久地被世界遗忘。

我也喜欢这里的食物。抛却戏仿的外国菜，米纳斯人的烹饪水平超过了意大利和中国的很多地区。

米纳斯菜就是巴西的川菜，数量众多的米纳斯菜馆遍布巴西全国。米纳斯菜有着深藏不露的精致，就连路边餐也做得格外考究，秋葵烧鸡、烤乳猪……深色陶盆里装着一个接一个的发现。我最怀念米纳斯炸猪皮，又香又脆，没有半点油腻。

清晨，北半球带过来的生物钟让我准时起床，经历过音乐会的黑金之城仍然熟睡在群山的摇篮里，无论我在石板铺就的道路和小径上如何奔跑跳跃，也无法把它唤醒。

一条偏街的街沿上，坐着一位乡下老人。她的篮子里有数量不多的几种蔬菜，最吸引眼球的是篮子前方一大簇油亮的细香葱，川南早餐面条里不能缺少的那种葱。

她能够仅仅依靠卖点小菜为生吗？

她是否每天都来卖葱？这样是不是太辛苦？

没有子女帮她？

还是她这把年纪仍然需要帮助有困难的子女？

瞧，我的觉醒病又犯了……

我的怜悯综合征又发作了，我的逻辑炎又在爆发，我的自我肥大又在阻断遗忘，我的道义增生似有恶化趋势，我的苦难结石又在隐隐作痛，我的共济结核又在渗血。

转瞬间，我不再看得见黑金之城的上午之美，无法继续感受山里空气里清洁的喜悦，察觉不到篮里蔬菜清鲜的欢快，欣赏不了老人眼里坦然的生死态度，我忘记了巴西动人的平静，失去了上前问候她和葱的勇气——这原本不需要任何勇气，只需要一点点童趣，一点点好奇，一点点诗意。

需要多大的力气，我才能挣脱这世界的势利逻辑，找回那一点点诗意？

只需要一点点巴西。

巴西是诗的土地。诗是巴西音乐重要的动力。黑金之城不远处诞生过那位写下“足球在灵魂里踢”的诗人卡洛斯·德鲁蒙德，贝洛奥里藏特国际机场以他命名——2016年里约奥运会开幕式，破天荒地出现了与体育毫不相干的诗朗诵，这是体育盛会里罕见的跑题，却正是“一点点巴西”，朗诵的是卡洛斯·德鲁蒙德的《花与恶心》[1]：

囚禁于自己的格调和几片衣袍，

我周身裹素，走过灰色的街道。

抑郁症和商品窥视着我。

我是否应继续前行，直至恶心？

我能否赤手空拳发起反抗？

……

早餐厅里有一个巨大的炉子，里面燃烧着一块巨大的木头。如果有人想要吃煎鸡蛋，服务生就会去那里现场烹制，不像是点菜，而是点播演出节目。

邻座有一位越南裔比利时女士，她对我抱怨说，服务生不懂英语。

"你可以和她说法语，慢慢说，她肯定能明白。"

"真的？"她十分怀疑。

在我的鼓动之下，她这样试了，效果极好，她更加疑惑不解，以为自己遇到了某种奇迹，怎么也不敢相信不懂英语的内陆巴西人能听懂法语。

[1] Carlos Drummond de Andrade（1902—1987），20 世纪最具影响力的巴西现代诗人之一。《花与恶心》一诗出自他 1945 年出版的诗集《人民的玫瑰》。

英语是当今世界的世界语。有时它也是一种世界病。人们忘记了沟通和交流还存在别的可能。

中国媒体报道国际新闻，喜欢依赖英语媒体作为蓝本，天下文章一大抄，会点英语就能抄。即使拥有亲身实地采访的机会，也一样是到达现场以后上网编译英语新闻。英国人对世界的肤浅了解总是以最快的速度传播到中文世界。一位巴西华侨告诉我，BBC 曾报道过“中国人抱怨巴西主办能力”，但仔细一看，抱怨的内容其实都是中文媒体转载的英语报道：暴力，混乱，贫民窟，犯罪率，污染，工程拖延，旅馆不够……

特朗普当选美国总统以后，fake news（假新闻）在世界各国成为热门词汇。善于利用网络战干扰西方多国大选的俄罗斯成为制造和传播 fake news 的黑窝点代名词。

但我认为还有一种现象在前特朗普时代就广泛存在，而且深刻地影响了世界，这个现象就是 fake truth（假真相）。英语媒体按照本国的社会组织水平和道德标准去看待巴西，同时认为自己的观点和立场是普世的，中文媒体也在抄袭复制转载中无意承认了英美价值即普世价值。

Fake truth 破坏力不亚于 fake news。当英美媒体把中国作为报道对象，中国媒体常有激烈反应，认为对方戴着有色眼镜。但英美媒体以同样的手段报道巴西和世界其他地区，中文媒体却又不加区别地抄袭或效仿，几乎像是在展示自己是英美价值观的最忠实盟友。

我独自一人在巴西领土上穿行，每晚在旅馆里上网阅读各国报纸对巴西的报道，看到英语媒体－中文媒体这对天作之合，越发确信一直以来的断定：北半球国家吵个不休的“东方西方”“东东西西”，其实全都不是东西。

巴西是一面镜子。它不仅在文化上提供了一种与任何北半球国家都不一样的形态，在拉丁美洲也自成一个大陆。

如果你想看到一个人真实的面孔，一定让他去巴西。每个人面对巴西的反应，都是他在北半球日常生活中最真实的模样。一个憎恶伪善、热爱自由、激情和快乐的人，会在这里迅速找到真实的自己，找到深刻的平静。

一个只能在日常生活里各种牢骚吐槽、对最重要的问题永远沉默的北半球城市中产阶级，会在巴西的阳光、巴西的诗歌和巴西的音乐面前继续牢骚着，继续吐槽着，也对生命中所有涉及自由、触及存在的问题继续沉默着。这是另一种被巴西放大的真实自己。

不就是语言不通、旅馆不好订、两个超大城市某些贫困街区暴力现象严重这些破烂问题？看看巴西的近邻阿根廷人得到的是怎样的待遇：

阿根廷和全世界很多国家都相隔万里，而且国内经济糟糕，每届国家队大赛能出现在现场的阿根廷观众数量有限。但 2014 年世界杯是个例外，巴西是邻国，物价不高，且巴西人格外热情。

我从巴西南方返回的途中，一路遇到很多阿根廷球迷。有人挤在小车里，有人开房车，基本都自带帐篷。更有不少人在路边搭顺风车一路到达里约。兜里只有200美元，竟也能够从小组赛存活到决赛！

决赛时，里约足足有10万阿根廷人，大多数人只能露宿，住在旅馆里的大部分是欧洲人和亚洲人。巴西人为阿根廷露营者提供了慷慨的照顾，让里约成为一个足球伍德斯托克。这在世界杯举办历史上是唯一的一次，或许也是永难重复的一次。哪个国家有耐心和热情去接待10万缺乏消费能力的穷邻居？

两年后的里约奥运会，部分中文媒体又一次全盘抄袭了英语媒体对里约赛场观众“不文明”助威现象的批评。实际只是巴西人觉得奥运会一些比赛太无聊太缺乏观赏性，干脆把足球场里的助威气氛搬到各种奥运项目的看台上。他们在中美篮球赛上一边倒地狂热支持中国，在阿根廷运动员的比赛中给邻居喝倒彩。

这一次，是阿根廷媒体和运动员出来维护巴西。

阿根廷女子沙排选手克鲁格去过世界很多地方比赛。她说就喜欢巴西这种氛围：“如果比赛是在阿根廷举行，我们也会这样。比起欧洲那种冷漠的比赛氛围，我喜欢这里1000倍。我喜欢待在南美。在巴西，当地人是如此享受体育。巴西人和阿根廷人对体育拥有一样的激情。我喜欢巴西人嘘我，因为有观众和我对着来，我同样很享受。我还要说，做人这方面，巴西人可以打 10 分。他们非常可爱，总是很快乐，充满娱乐性。我有很多巴西闺蜜，巴阿敌意仅仅存在于赛场上。”

衣冠楚楚、举止文雅的英美中产阶级是“觉醒的北半球人”在发动世界大战的间歇期里理想的社会人模型，也曾是发展中国家一代又一代人致力的目标。然而，这些看上去客观、中允、理性、温和的消费主义动物，实际只是懂得运用各种社会规则和职业技巧把自己的激烈、激进、极端、庸俗、无能装入对某个群体和集体的依附之中。民粹和极右在西方社会重新抬头绝非偶然，很多人只是经过较长的间歇和潜水，又到了公开发病的时候。

我认为汉娜·阿伦特对庸众的批评还不够尖刻，工业国城市中产阶级就是庸众的同义词，因为有工业化就会有模型，就好像纯种狗的人工培育，有纯种就有遗传病。两个世纪以来，“工业国中产阶级病”像瘟疫在北半球传播和蔓延，或激烈或温和，或强暴或绥靖，或左或右，或理想或现实，人们无可救药地依附于非集体的集体话语，相信不现实的现实，表达无情感的感情，弘扬无道德的道德。当他们必须和巴西发生碰撞时，除了把巴西描绘成暴力、毒品、非理性、癫狂、裸露充斥的野蛮不开化之地，别无选择。

英语媒体里当然也存在观察不随大流的佼佼者。

原爱尔兰《星期天独立报》记者迪昂·法宁是我最欣赏的同行之一。他很早就发现巴西和北半球集体想象的巨大差异——例如，巴西首战对克罗地亚获胜以后，巴西人并没有热烈庆祝。这和外界频繁描述的“足球是巴西的宗教”形成巨大差异。

而在半决赛以1∶7惨败给德国后，巴西民众各种自嘲和自我批评，毫无暴力问题出现，更是强大地打击了那些关于巴西的预设——自从几年前巴西获得2014年世界杯主办权，世界媒体就为两种结局时刻准备着：如果巴西夺冠，将是足球王国庆祝耶稣复活般的狂欢；如果巴西输球，就是国殇、国耻、是1950重现，是痛不欲生、泪流成海、蒙羞自杀、暴力泄愤……

我去米纳斯州，就是为了这场半决赛，1∶7的结果大家都知道了。德国菜真的在米纳斯州行得通！我早早带着胃痛离开了媒体看台。

看台上的巴西人很早就放弃了对比赛的关注，集中精力骂总统。这是2014世界杯和2016奥运赛场的固定节目，他们高喊着巴西国骂，直译成中文是：爆你的菊！

离开看台之前，我没有见到周围的巴西人落泪。倒是在电脑桌上的直播屏幕里发现，摄像机十分努力地去捕捉看台上球迷哭泣的镜头，反复选播一位中年妇女的泪水。现在她让全世界都知道巴西人哭了！哭得好伤心！

同在场内的乐评人张晓舟从球场步行 3 公里回住处，也目睹了这“商女不知亡国恨”的场景，一路竟未找到一个泪人。他在开幕式后听我介绍过球迷针对总统的巴西国骂，在半决赛赛场真实耳闻，隔江犹唱后庭花……

1950 之夜并未重现，自杀人数不断攀升的直播节目无法实现，北半球试图强加给巴西人的关于欢乐和痛苦的陈腐逻辑与臆想，全数泡汤。巴西继续证明，自己是一个让北半球无以捉摸、无法用既定话语去描述、无从用惯常的庸众逻辑去揣测的国度。梦态的巴西，比觉醒的他们想象的还更快乐。

过冷的空调让我在媒体大巴上坡时醒来。贝洛奥里藏特真是个“矿山城”，很多道路坡度大得惊人。街边走着成群结队的男孩女孩。巴西女孩在比赛日喜欢穿短裤和短裙，上身披着一面黄绿色的巴西国旗，浑圆鼓翘的腰臀波动在夜幕下光线昏暗的山坡路上，若隐若现，美不胜收。

巴西葡语常用词“saudade”被视作世界上最不好翻译的词语之一，我曾将其定义为“关于南方和阳光的怀旧”。

为何忘记了夜晚？世界是巴西的白昼，巴西是世界的夜晚。

2014 年 7 月 8 日，“米内罗球场 1：7 惨案”之夜，我的 saudade，是关于夜色、女孩和短裙的遐想和怀旧，是山城弯弯曲曲的坡路，永远不知道坡顶在哪里，不顾及坡顶之后是什么，汽车吃力地爬着坡，我在座位上半梦半醒，和那些短裙并肩而行，耳鬓厮磨，无穷无尽。

下车地点在贝洛奥里藏特最繁华的萨瓦西区。抱胸站在街边的军警无所事事，一个醉汉表演着凌波微步，在人群和军警之间倒来倒去，却始终没有找到适合倒下的怀抱。披着国旗站在街边的短裙女孩们眼神迷离，让男伴们把自己抱得更紧。

两个披着阿根廷国旗的球迷和巴西人一个接一个地拥抱。2014世界杯向外界展示的巴阿情谊也让北半球那些习惯看到民族国家心怀鬼胎你死我活的中产庸众无法理解。巴西和阿根廷两国媒体几乎是彼此祝福着要在决赛中相遇，没有媒体在决赛到来前为对方喝倒彩——为什么？因为北半球200年来的民族主义病从未完全侵染南美人，对于巴西和阿根廷，遭遇和敌对，首先是一场共同的狂欢。

在代表着先进文明和价值观的北半球，人们对待足球的态度并没有巴西的风骨。对于北半球多数国家，胜利就是一切。而巴西人不仅要胜利，还要巴西队踢得好。如果踢得不好，胜利的滋味不会那么美妙。

很多巴西人老早就预料到斯科拉里国家队的失败，有人抱有希望，但也不是狂热的支持。不少人在巴西队闯关晋级时态度始终有保留，坚持说巴西踢得不好。

把“踢得好”看得比“赢球”更重要，这种气质已进巴西人的DNA。也因为这一点，巴西人对悲剧的理解远胜于北半球。

悲剧和惨案是两件截然不同的事情。踢得不好，就不构成悲剧的前提。悲剧的前提是美丽、快乐和狂欢。1950年世界杯决赛的“马拉卡纳惨案”具备悲剧的一切特征：巴西队踢得很漂亮，7∶1、6∶1狂胜瑞典和西班牙，距离冠军只差10分钟，一场前所未有的狂欢只待终场哨响，却被乌拉圭人吉贾一脚击溃，经典的乐极生悲剧本。

对巴西人而言，1982年是仅次于1950的悲剧。桑塔纳执教的“艺术足球”巴西队展现的是一种征服性的美丽和快感，济科、苏格拉底、法尔考踢的是波萨诺瓦节奏的巴西足球，小组最后一战对意大利，踢平即可晋级半决赛，却被对手偷袭得手，2∶3告负。

1982巴西队归国时受到了英雄般的欢迎。他们是不折不扣的悲剧主角，欢迎他们的巴西是真正理解悲剧精神的国度。

32年后，在被德国7∶1大屠杀的夜晚，我更加喜欢巴西，因为它不悲伤，它不吻合世界的预想。失败不是悲伤，失落不是悲伤，破碎的美丽才是悲伤。巴西1∶7惨败，只是斯科拉里和他执教的球队一次懦弱、无能、丑陋、愚笨和可悲的展示，它毫无美感、远离酒神精神，不具备悲剧的特征。

我甚至更有决心要去鄙视那些每逢世界杯必会唠叨“足球就像生活”的专栏作家。足球不像生活，足球自成一种现实。在巴西喜欢足球，喜欢巴西的足球，是生活不能给我的一场激昂和纯粹。艺术高于生死，美感重于胜负。除此之外，我只有沉睡，只有梦态。我不需要从足球里去参悟现实生活。那些觉醒的市民、现实的囚徒、比分的观众、领奖台的拥趸，他们的生活不是悲剧，只是可悲而已。

半决赛尚未结束，不少到场的中国记者已收到来自国内编辑部或友人的亲切关心，有提醒注意人身安全的，有建议穿件巴西球衣避难的，有询问“输那么惨，会不会出什么事儿啊”……

贝洛奥里藏特地处热带高原，夜晚降温很快，或者我和巴西姑娘们的体温不太一样。赛后3个小时，我在闹市徘徊，穿着一件在阿姆斯特丹转机时买的荷兰足球橙色夹克，走在黄绿国旗下的美臀丛里。

一个穿白色短裤的金发女孩醉倒在街边，3个男伴试图扶她起身，如果不是他们人手足够，我也想上前去送上一份亲切和温暖。

赛后第二天，我在当地报纸上读到，一个叫古斯塔沃的男孩说，比赛当晚已和3个女孩接过吻，他会喝酒到天明，尝试亲吻更多的异性，然后回家睡觉，“否则，你想要我怎么？哭吗？我不是疯子。”

我未曾目睹接吻秀，但看到5个巴西男孩举着自制的世界杯，在人行道上快乐地高喊“5届冠军！5届冠军！”——他们在庆祝巴西赢得2002年世界冠军。为什么不？

为什么不？为什么不？维罗索那首引领巴西音乐“热带主义”革命的代表作《快乐，快乐》结尾处不正是这样唱的？

我的旅馆外，一个球迷将汽车音量放到最大声，引得街边几个女孩也朝他举起啤酒杯。车里播放的是另一首维罗索的老歌：“桑巴是快感之父，桑巴是悲伤之子，桑巴是伟大的改造之力……”

在整个巴西旅程中，我反复地想起维罗索和“热带主义”。

20世纪巴西音乐先后经历过3个重要时期：

以阿利·巴罗索等人为代表的“桑巴歌曲”，也是桑巴音乐实现现代化的时期；

汤姆·裘宾、维尼休斯、若昂·吉尔贝托引领的“波萨诺瓦”潮流，这个时期的巴西音乐彻底征服世界；

维罗索、伊尔、若泽·本·约尔等人掀起的“热带主义”革命，这是巴西音乐对世界的一次完整吞吐。

“热带主义”到底是什么？大多数英文资料的解释和中文的抄袭完全错误。英美世界爱把波萨诺瓦说成是“受爵士影响的桑巴”，也简单地说热带主义就是电子乐、摇滚乐影响了桑巴。这些都是粗暴和粗劣的误读，是英美想做世界流行文化宗主国的卑鄙企图。

“热带主义”是思潮，并非单纯的音乐形式。只需听听维罗索的经典作品，很多歌曲和电子乐、摇滚乐都没有关系，甚至只是简单的吉他弹唱的情歌。

热带主义两大领袖伊尔和维罗索是从“老东北”巴伊亚州来到大城市里约和圣保罗的穷青年。他们在60年代中后期的音乐实践获得了巴西一些重要诗人、造型艺术家的注意。

诗人和艺术家们的参与提升了音乐实践的文化冲击力，他们除了为维罗索的新歌建议“热带主义”（Tropicalia）这个名字，还将诗人奥斯瓦尔德·德·安德拉德在20年代提出的“食人主义”作为重要概念引入这场实践。

食人主义是从旧时巴西印第安人食人乃至吃掉白人殖民者的故事中抽象出的文化概念。意指在巴西这种落后的殖民地国家，艺术家应如食人般吞噬世界文化元素，转而糅合出一种可用来交还给世界的文化产品。

很多人对食人主义的诠释到此为止，以为食人主义是巴西从全世界移民身上兼收并蓄海纳百川，其实不是——吃进口的东西，再从身体末端出来，是什么？

是拉屎，食人主义代表的文化运动首先是一种反文化，是在吸收消化当今世界强势文化的同时又回吐、亵渎和挑衅。

60年代的巴西，自由最大的敌人是军事独裁，但反对立场的左维罗索和伊尔的歌曲曲调好听，歌词快乐地亵渎一切。他们创作的《面包和马戏团》，开头和结尾是：

我想要歌唱

我的灵感来自太阳

……

可是人们都挤在饭堂啊

人们挤在饭堂

忙着出生和死亡

忙着出生和死亡

“热带主义”运动在左中右三派都吸引到了不少追随者，但严格地说，他们带来的刺激大于号召力。因为亵渎政治，右翼把他视作左派，又因为词曲风格严重偏离巴西传统音乐路线，左翼把他们视作卖国贼、巴奸。

1968 年维罗索和伊尔被右翼军政权逮捕入狱时，维罗索非常惊讶，毕竟，在反对独裁政权的左翼阵营里，他们也被视作公敌。

后来，一个审讯官把话说得很明白：你们比反对者更危险！

这是个关键线索——非左即右的话语世界里，统治者真正恐惧的不是反对者，因为统治者和反对者对彼此的路数是心知肚明的。倒是一种全新的独立文化潮流，一种横扫左右的亵渎之力，才是洪水猛兽。

谁有足够的胆识和创造力去实现与左左右右、非左即右的彻底决裂、把它们合为一体并取笑之？——同时还写出那么多好听的歌曲……

离开巴西回欧洲那天，前往圣保罗国际机场的路上，出租车司机对我讲述天上到底会掉些什么东西下来。

巴西人很迷信，和南美其他国家一样。但他们说话的时候，没有中国式的吉利、避讳等逻辑。

司机很健谈，像拉丁国家的大多数出租司机一样健谈：

“现在的巴西年轻人已经没有祖祖辈辈的劳动文化了，不懂付出，不晓得合作，只知道消费，进学校就去学管理这种科目，就像世界上还有很多人等着他们去管，他们只消每天待在办公室里发号施令。

“我爷爷辈从意大利来到巴西，在桑托斯登岸，定居在圣保罗州的里贝朗普雷托。从小，我和兄弟姐妹们就在父母的农场里劳动。后来我来圣保罗开出租，我们家的历史也就终结了。后面的一代，每个人都等着天上掉钱下来。但你说，天上真的会掉钱下来吗？天上会掉雨、掉冰雹、掉树叶、掉花盆、掉陨石、掉卫星、掉飞机，就是不会掉钱下来。”

飞机会往下掉吗？

飞机已经离开南美大陆，正在横跨大西洋，这是 2014 年世界杯决赛前夜。不管它是否掉下去，我生命中的第一次巴西之旅都已结束。

舷窗里，我看不清大西洋的模样，却有一种无法描述的幸福，幸福感来自一个无人回答的问题：在下方那浩瀚无边的蓝色液体里，不会有太多活物想要去管理世界和他人吧……

佛罗伦萨，2018 年 4 月